山西廉政文化丛书

主持典籍修撰

○ 除了处理政务之外,陈廷敬的编书任务特别繁重。他主持纂修了《明史》《平定朔漠方略》《玉牒》《佩文韵府》《康熙字典》等多部国家重要图书典籍。

参劾封疆大吏

○ 陈廷敬不畏权贵,上疏参劾云南巡抚王继文,揭发他趁云南结束用兵之际,亏损国家税收,侵没饷银。后王继文被罢官,由是风纪整肃,大小官吏无不惶恐。

坟前烧判词

陈廷敬任都察院左都御史时,审理箴匠宋老三一家灭门惨案,擒拿祸首及帮凶多人。结案后,陈廷敬让仆役在宋老三一家的坟前焚烧判词,以告慰冤死之魂。

关心家乡教育

○ 陈廷敬非常关心家乡的教育情况,当他看到泽州地区教育衰落时,十分痛心,便写信给省提学、本地学官以及里中乡绅,直斥泽州教育衰落的根本原因是腐败,希望上下一心,力挽颓风,改变现状。

破例侍读康熙

康熙亲政后,召众翰林进讲侍读,陈廷敬因应答有方,深得康熙器重,不久擢升为侍读学士。

劝友行敦厚

陈廷敬在潞安府学读书时,有一位同窗于秀才喜欢议论时政,多有哗众之语。陈廷敬看重好友人品,便悉心劝说,使其文风温厚敦丽。

童子试答问

陈廷敬十四岁时,赴试潞安府,以童子第一入州学。主考官知道陈廷敬诗写得好,却偏偏不试他诗,而是以五经之义考他,陈廷敬立即答就。于是主考官决定取陈廷敬为第一名。

少经烽火事

○ 顺治五年，阳城人张斗光举兵反清。他想得到地方绅士的支持，于是写了一封措辞恳切的书信，派员带着厚礼去见陈廷敬的父亲陈昌期，请陈昌期前来共事。当时年仅十二岁的陈廷敬也在侧。

九岁吟牡丹

九岁时,陈廷敬写了一首诗咏牡丹:"牡丹春后开,梅花先春坼。要使物皆春,定须春恨释。"母亲张氏见后大喜曰:"此子欲使万物皆其所也!"

陈廷敬

陈廷敬,字子端,号说岩、悦岩、月岩、午亭、半饱居士、午亭山人。山西泽州人。生于明崇祯十一年十一月,历任经筵讲官、工部尚书、户部尚书、刑部尚书、吏部尚书、文渊阁大学士、康熙字典总纂官等职。清康熙五十一年四月卒,终年七十五岁。

钟小骏 ◎ 著

独持清德陈廷敬

山西出版传媒集团
北岳文艺出版社
·太原

图书在版编目(CIP)数据

独持清德陈廷敬 / 钟小骏著. —太原：北岳文艺出版社，2023.12
（山西廉政文化丛书 / 邢利民，李骏虎主编）
ISBN 978-7-5378-6777-1

Ⅰ.①独… Ⅱ.①钟… Ⅲ.①传记文学－中国－当代 Ⅳ.①I25

中国国家版本馆CIP数据核字(2023)第156551号

独持清德陈廷敬

钟小骏 / 著

//

出品人	出版发行：山西出版传媒集团·北岳文艺出版社
郭文礼	地址：山西省太原市并州南路57号　邮编：030012
选题策划	电话：0351-5628696(发行部)　0351-5628688(总编室)
王朝军　赵　婷	传真：0351-5628680
	经销商：新华书店
责任编辑	印刷装订：山西基因包装印刷科技股份有限公司
武慧敏	
书籍设计	开本：787mm×1092mm　1/16
张永文	字数：173千字
	印张：16
印装监制	插页：10
郭　勇	版次：2023年12月第1版
	印次：2024年1月山西第2次印刷
	书号：ISBN 978-7-5378-6777-1
	定价：48.00元

本书版权为本社独家所有，未经本社同意不得转载、摘编或复制

《山西廉政文化丛书》编委会

主　任：王拥军　张吉福

副主任：王　鹏　宋　伟　孟　萧　李新春

委　员：邢利民　李骏虎　贾新田　胡彦威　王铁梅
　　　　张　羽　骞　进　万　勇　杨建军　许凌云

编　务：罗向东　冯　军　孟绍勇　安　宁　崔　晋
　　　　牛旭斌　郭建丽　赵新中　鲁顺民　杨　遥
　　　　王　姝　郭文礼

专家编审组

杜学文　杨占平　哲　夫　黄　风　高专诚　李书吉
郭天印　赵　瑜　陈为人　冯　军　徐大为　陈克海
韩振远　宁志荣　孙国强　钟小骏　王　芳　梁　盼
徐建宏

出版项目组

郭文礼　古卫红　刘卫红　刘文飞　汪恒江　王朝军
马　峻　陈学清　席香妮　陈　洋　谢　放　吕晓东
赵　婷　关志英　金国安　高海霞　张　丽　庞咏平
武慧敏　范　戈　左树涛　李向丽

目 录

独持清德陈廷敬

生平小传 …………………………… 1

独持清德 …………………………… 27

 一、莺啼燕语报新年 ………………… 29

 二、学以致用 ………………………… 41

 三、事非经过不知难 ………………… 72

 四、唯有丹心老不迷 ………………… 92

 五、一遇风云变化龙 ………………… 112

 六、长太息以掩涕兮，哀民生之多艰 ……… 138

 七、君子藏器于身 …………………… 152

 八、洗砚池边树 ……………………… 172

 九、清风两袖朝天去 ………………… 202

当代启示 …………………………… 217

箴言警句 …………………………… 241

陈廷敬

【生平小传】

生平小传

陈廷敬,字子端,号说岩、悦岩、月岩、午亭、半饱居士、午亭山人。山西泽州人。生于明崇祯十一年十一月,历任经筵讲官,工部尚书、户部尚书、文渊阁大学士、刑部尚书、吏部尚书,《康熙字典》总纂官等职。清康熙五十一年四月卒,终年七十五岁。

陈廷敬原名"陈敬",顺治十六年改为"陈廷敬"。陈廷敬出生后不久,中国开始步入"康乾盛世"。陈廷敬是为"康乾盛世"做出过突出贡献的政治家,而且在诗学、经学方面也颇有造诣。

陈氏家族,自三世祖以来,便是"以儒为业",重视读书、功名，堪称书香世家。家庭的文化氛围熏染了陈廷敬，加之他天资聪颖，所以在青少年时期，他的学业成绩就特别优异。据他回忆："吾六七岁从塾师受句读，见左氏尚书传喜而窃诵之，虽诃其不急，弗顾也。后每见古文辄喜诵之。家故多书……乃尽发其新旧书得纵观焉。"从六七岁时，陈廷敬已开始博览群书。七岁那年，他读了理学家薛瑄的著述，"即知向慕"，遂立志以薛瑄为师。九岁时，他写了一首诗《咏牡丹》："牡丹春后开，梅花先春坼。要使物皆春，定须春恨释。"母亲张氏见后大喜曰："此子欲使万物皆其所也！"塾师王先生见其学问精进很快，自感力不能逮，遂向陈廷敬的父亲辞职说："是儿，大异人，非我所能教也。"

顺治八年，陈廷敬十四岁，"赴试潞安府，以童子第一入州学。"娶明吏部尚书王国光玄孙女为妻。对明史有所了解的读者，对"王国光"这个名字应该比较熟悉，他是明朝中后期重要历史转折点的见证者和参与者，与他同时期的政治人物都十分著名，有明神宗朱翊钧、张居正、海瑞、徐阶、高拱等等。但王国光更重要的身份在于他是以"籍贯"为核心、以"利益"为链条的"晋党"的承先启后的人物。晋党作为老牌的政治集团，在"嘉隆万"三朝（嘉靖、隆庆、万历）中一共有两个领袖：第一任是"天下三杰"之一的杨博杨蒲州，第二任是山西之凤张四维张凤磐。同时期暴得大名的王崇古后来认为蒲州公选定张四维为接班人是难得的看走眼，姑且不在这个领域讨论，我们只问，作为一个政治集团，不可能自然消亡，那么即使张四维是一个不成功的领导者，这个集团也需要下一个领导者来维持存续，被选出来的就是王国光了。

提这一点，是想告诉读者，晋党的存在，对明朝的影响十分重大不说，而且它本身是一个有着内部理念与组织架构的组织，这一点不以时局变化而改变。所以在地方上必然会形成小型的政治生态，或者说"圈子"。代用现在的眼光来看，这就是"阶级"或曰"阶层"，那么，能够迎娶王氏家族的女儿为妻，陈廷敬或者说"陈氏家族"，即使不是豪门，也必然是地方的"名门望族"。

顺治十一年，陈廷敬十七岁，赴省城太原参加乡试，未中。

陈廷敬，或者说这个时候还叫陈敬，家境优越且他自小天资聪颖，人生至此可以说一帆风顺，但顺治十一年的这次乡试未中，确实对他是一个挫折，某种程度上，这是他人生中第一次遇到考验。庆幸的是，因为明末清初这一时期世道整体混乱，陈家也屡次经受风波，陈廷敬的心志已经被磨砺得比较坚挺。而他毕竟早慧，十七岁远算不得"少进士"的时候，因此尺阔之溪一跃可过。顺治十四年再次参加乡试，中举人。

顺治十五年，陈廷敬二十一岁，应会试时，中进士，名列三甲第195名，随即被选为庶吉士。

关于陈廷敬的名次，在他的自诉当中有不同说法："十五年戊戌，二十一岁，登孙承恩榜二甲进士，授庶吉士。馆试御试辄取第一。"(《午亭山人年谱》)但据明清《进士题名录》载,顺治十五年的会试,共取进士343名,其中一甲3名,二甲80名,三甲260名,而陈廷敬的名次为三甲第195名,与《午亭山人年谱》所记"二甲进士"有异。

造成这种差异的原因,首先应该是年代久远带来的记忆误差,毕竟修"年谱"是晚年行为,一些节点越是重要,反而越会有参差;其次会有修谱者"为尊者讳"的原因——这要看年谱修订者是否本人,是否与传主关系相近;最后,我们也应该看到,三甲第一百九十五名,也就是总榜倒数第七十五名——终陈廷敬一生,未曾在任何排名中处于这样的位置,这让他这样一位从"散馆"时"位列第一",之后出入南书房,最后成长为"文坛盟主"的大人物终不免心有恻恻,可能在面对后生晚辈时不免有所"自抬",以作自慰,也不可知!

但无论如何,虽然"进士"身份已经是天下人眼中的第一等成绩了,可这次的排名还是让陈廷敬在学习时非常刻苦。

顺治十六年,陈廷敬二十二岁。这一年,发生了一件大事,他奏请改名,奉旨加"廷"字,以与顺天通州陈敬区别。此年前后,与王士祯、汪琬等相聚论诗文。

这次改名事件,体现出陈廷敬的谨慎。事情其实并不复杂,这次录取的庶吉士当中还有一人也叫陈敬,为了和陈廷敬作区别,他们一个叫通州陈敬,一个叫泽州陈敬。本来是一个好事,同名同姓,同榜登科,正是美好友谊的开端,可惜就可惜在这位通州陈敬犯了错误，这个错误甚至严重到他被开除的程度。

顺治十五年十二月，直隶通州的陈敬因满文学习成绩不好而受到顺治帝的处罚。当时的上谕是这样说的：庶吉士"俱经简拔，特命习学清书（满文）以备任用，自当尽心肄业。今加考试，熊赐玛萧惟豫、王于玉……陈敬……清书俱未习熟，若不罚惩，何以励其将来，著名罚俸一年。"（《世祖实录》）到了第二年十月，通州的陈敬又被"革退"，原因是"陈敬、殷观光习学清书日久，文义荒疏，足见平日全不用心，殊不称职，俱著革退，永不叙用。"（《世祖实录》）就在通州陈敬被罚俸的上谕发布后的第十九天，即顺治十六年正月十三，又有了这样的上谕："允庶吉士陈敬奏请，更名廷敬，以与直隶通州陈敬同名故也。"（《世祖实录》）与直隶陈敬同名，陈廷敬在进士发榜时就已经知晓，在这长达七个月的时间内他并未提过更名之事，但直隶陈敬第一次受罚的上谕发布后，他就提请更名，说明他是担心同名陈敬的受罚会给自己带来不必要的影响。

我们也可以看到，这位通州陈敬受罚的原因是满文学习不好，跟不上进度，而"俱经简拔，特命习学清书（满文）以备任用"是说想当官先要学习满族文字。这一点不难理解，官话官话，指的就是当官的必须要掌握的语言。第一次考核不达标的熊赐玛就是湖北名臣熊赐履的堂弟，他家一门三进士，智商肯定过关，或者说考上进士的人智商肯定都过关，而满语六个元音音位，十九个辅音音位，三个外来语辅音，复杂程度不说

独持清德 陈廷敬

与象形字的汉语相比，就是和有二十六个字母的英语比较，因其诞生时间短，描述事件少，也不知道简单了多少，所以到第二年再考的时候，其他人就都过关了。但问题也在这里，"陈敬、殷观光习学清书日久，文义荒疏，足见平日全不用心，殊不称职"，这个"全不用心"才是"学不会"的原因，既然排除了"智商"这样的"硬件"，造成这样结果的原因只能出在"软件"上，而通州陈敬既然能够考上进士，又为何"全不用心"？实在是令人费解，毕竟，这次革退的除了他，还有另一个殷观光，竟然有两个进士因为这个原因被革退，其中深意，不问可知。最后，处罚的力度也实在出乎意料，仅仅因为学习不好就"永不叙用"？那下面那些考不上进士的就该坐牢，做不了举人的就该用刑，当不了秀才的就要无期，而童生都考不过的就得去死，连字都不认识的甚至都不能降生了。考虑到三年前的陈名夏案，或者别有机枢，也未可知。

陈廷敬积极参加文学活动，并且拥有了一定的名声。"顺治中，廷敬在翰林。大宗伯端毅龚公以能诗接后进。先生（指汪琬）与今宰相合肥李公天馥、今户部侍郎新城王公士正、吏部郎中颍州刘公体仁、监察御史长洲董公文骥及海内名能诗之士，后先来防顾。予亦以诗受知龚公，日与诸子相见于词场。先生初见予诗，大惊，语新城曰：'此公异人也。'盖是时，予年逾弱冠矣。先生虽以诗与诸公游，实已岿然揽古文魁柄，自立标望，抗前行而排后劲，戢锋踏坚，腾踔万夫之上。予既感先生知己之言，又方年少志锐，雅不乐以诗人自命。至是始学为文。先生又语人曰：'我固以为异人也。'龚公既殁，诸子或散去或留。"（《午亭文编》）

尤其值得一提的是，陈廷敬在庶吉士学习期间，颇受顺治帝赏识。

顺治帝与陈廷敬同岁，冲龄践祚，此时也不过是二十岁出头，上有太后强势，外有叔父摄政。八年前多尔衮死于塞北狩猎途中，被追封为"清成宗"，后顺治帝下诏追尊多尔衮为"懋德修远广业定功安民立政诚敬义皇帝"。两个月后的顺治八年二月，顺治帝福临就剥夺了多尔衮的封号，并掘其墓。

这个时候的顺治某种程度上才真正当了皇帝，此时他面对的主要矛盾除了满汉之间的民族矛盾之外，还有新臣与旧臣之间的权力矛盾。顺治元年，清朝定都北京，承明制设翰林院，主要掌管文史之士。第二年，将翰林院合并于清初曾设立过的内三院，即"内翰林国史院""内翰林秘书院""内翰林弘文院"。到顺治十五年，顺治帝为集中皇权，便改内三院为内阁，又另设翰林院。也就是说，这一年的翰林，是顺治真正意义上的第一批"天子门生"，也因此，顺治帝很注重这批庶吉士的学习，不仅有时亲自主持庶吉士的考试，而且还经常与一些庶吉士接触。孙承恩是顺治十五年这一榜的状元，此时陈廷敬通过自己的刻苦学习，已经和状元郎一起，可以随侍皇帝了，而且因为他的学习成绩优良，又有了之前改名的"表明心迹"的举动，顺治对他也另眼相看。

　　白胤谦曾说："检讨君（陈廷敬已于顺治十八年任检讨）时弱冠，翱翔玉堂，所译习之业，往往蒙上赞许。"另据陈廷敬自己的叙述："与承恩等三人读书翰林中，上尝幸景山、瀛台、南苑，辄召以从，赐坐，延问如家人。"这就是说，顺治帝经常召见陈廷敬谈话，赞扬他的学习成绩，并且"延问如家人"。

　　为了将来更好地重用陈廷敬，顺治帝破天荒地在庶吉士未散馆前，就打算让陈廷敬充任会试同考官。如此隆恩，让陈廷敬瞬间变得炙手可热。可惜，谁都没想到，顺治帝还没有真正实施这个计划，就薨逝了。

　　顺治十八年，陈廷敬二十四岁。正月初九，参加康熙帝即位大典。三月，充会试同考官。五月，授内秘书院检讨。"十八年，充会试同考官。"（《清史列传》）"十八年，充会试同考官，寻授秘书院检讨。"（《清史稿》）按：陈廷敬任会试同考官的日期，《清史列传》和《清史稿》均未载。三月初七"以大学士成克巩为会试正考官，卫周祚为副考官。"（《圣祖实录》）故陈廷敬被任命为同考官，也应在三月初七。

　　陈廷敬以"散馆第一"被授予内秘书院检讨一职，从此踏上仕途生涯。但这个生涯开头，与一年前预想中的开头没有可比性：那是简在帝心的破格擢升，现在不过是尊重大行皇帝遗命的常规操作，没有人会再把这个幸运的因为曾经皇帝的"计划"而获得特殊待遇的年轻人当作政治明星看待，只是表面上尊重一下大行皇帝，接下来陈廷敬甚至会因为这样的破格待遇而被打上深深的"旧帝"的烙印，他身上的光芒，暗淡了。

并且，大家要注意到，陈廷敬得到的真正"职务"，不是翰林学士，而是内秘书院检讨。首先需要说明的是，编修的品级为正七品，检讨的品级为从七品，既然陈廷敬是"散馆第一"，考试名次在前，为什么未授编修只授检讨呢？这是因为清朝规定，庶吉士散馆后，是否留翰林院与散馆考试成绩有关，而授编修或检讨，还是由考取进士的名次决定，即原是二甲的进士授编修，三甲的进士授检讨。陈廷敬的进士名次在三甲，自然该授检讨。

其次，顺治帝逝世后，康熙帝继位，辅臣专权，恢复旧制，再复设内三院，将翰林院并于其中。也就是说，康熙帝此时面临的情况和父亲当时面临的几乎一样：外有顾命四大臣，内有圣母皇太后；顺治六岁登基，康熙八岁登基；顺治十三岁亲政，康熙何时亲政尚未可知。可对陈廷敬来说，无论康熙帝何时亲政，他都不可能成为皇帝"夹袋"中的人了。小小的官职，无须风浪去打，只是斗争余波，便毁灭了他的政治前途。这个时候的陈廷敬，深切地感受到了高层政治的风波诡谲，而期望的落空，也让他深感疲惫与迷茫。那么，不如归去？

康熙元年，即授检讨第二年，二十五岁的陈廷敬因"母病"请假返乡，在家中待了三年。

关于返乡的原因，他自己说是"以病请假归里"。而另有记

独持清德 陈廷敬

载说:"泽州陈文贞公性至孝,始登籍,闻太夫人病,即归省。"即说他是因母亲有病而回家。但,自病也好,母病也罢,史料上均无详情可查,其真正原因很难确定。陈廷敬从顺治十五年赴京参加会试,庶吉士学习三年,到康熙元年,前后已有五个年头。背井离乡、只身在外的陈廷敬,思乡、思亲的情绪肯定会有的,想回家去看看乃是人之常情。所以自己身体有所不适或者母亲身体不适,都可能成为请假的借口。然而,请假返乡也可能是因为清朝政局的变化。陈廷敬授检讨时,顺治帝已亡,康熙帝虽已继位,朝政却由辅臣专权,他们便开始了一系列的"率祖制,复旧章"和打击汉族官吏、排挤汉族文化的活动。在这种形势下,陈廷敬借病假回家以观察大局的变化也是完全有可能的。他在家中住了三个年头。在这三年中,他除了侍奉父母外,主要是埋头研究理学,他在理学上的一些著述,有的就是在这一时期完成的。除此之外,就是游览故乡附近山水,所以写诗很多。总之,在乡的三年,是他的学问加速积累、增长的三年。

康熙四年,陈廷敬假满返京,"仍补检讨"。

康熙六年,陈廷敬三十岁,被任命为《世祖实录》纂修官。本年在朝廷对京官的考察中,陈廷敬为"考察一等称职",被封为正七品"文林郎"。诏书中称他"品行端凝,文思渊博,简居词苑,奉职无怨。"

康熙六年实际上是一个需要被重视的年份,因为这一年,康熙帝"宣布亲政",也就是明确对外界释放了信号:我要掌握真正的权力。可惜,以鳌拜为首的顾命大臣们,或者说就是鳌拜本人,对此信号置若罔闻,这直接导致了两年后著名的"康熙擒鳌拜"之事的发生。不过,我们要关注的是,陈廷敬的政治生涯,恰恰在这一年发生了变革,这可不是巧合。

在四大臣辅政期间,由于守旧势力抬头,汉族和汉族传统文化遭受了压制、排斥和打击。因此,一部分年轻的汉族官员,特别是一些学识渊博、主张提倡儒学的汉族官员,以宏文院侍读熊赐履为首,多次上书皇帝,一方面揭露鳌拜的种种罪行,同鳌拜集团进行斗争,一方面积极建议康熙帝发扬中国的传统文化,尊孔读经。年轻有为的康熙帝不仅表彰他们维护皇权,而且非常同意他们提倡儒学的主张,所以在亲政以后,对他们中的一些人就特别提拔重用。像熊赐履,几年之后就被提拔为武英殿大学士。在现存的史料中,我们虽然未见有陈廷敬同鳌拜集团进行斗争的记载,但他同熊赐履是同科进士,又是同时被选为庶吉士,从当时和后来的一些具体情况推断,他当时对时局和对皇帝的态度,应该与熊赐履是一致的。三年后熊赐履被擢升大学士时,陈廷敬曾作《赠孝感相公》诗相贺,其中就有"佥曰帝知人,吾等夙愿毕"的句子。可见,当年他和熊赐履在对待康熙皇帝的态度和铲除鳌拜集团的决心上是有同样"夙愿"的。

康熙八年,陈廷敬三十二岁,擢为正六品国子监司业。任

独持清德 陈廷敬

此职虽然只有一年，但他"正身董教"，颇有作为，其间取消了国子监学生入学谒见祭酒以下官员必须携带见面礼的陋习。这一年就是"康熙擒鳌拜"那一年，因此，被提拔为国子监司业毫无疑问是康熙帝在酬功。国子监是掌国学政令的机关，全国的最高学府，设管理监事大臣一人，实际负责人是祭酒（满、汉各一人），其副职就是司业（满、蒙、汉各一人），职责是"掌国学之政令，凡贡生、监生、学生及举人之入监者，皆教焉。"司业的官品为正六品。某种程度上来说，"文学之臣"，或者叫"纯文学"之臣，做到这个位置上基本就到头了，上面只有"祭酒"一个位置，除此无路。除非，走到"词臣"的道路上来。

康熙九年，陈廷敬三十三岁。任国子监司业，迁内秘书院侍读，授奉政大夫。

康熙十年，陈廷敬三十四岁。改翰林院侍讲，转侍读，升侍讲学士。

康熙十一年，陈廷敬三十五岁。任侍讲学士、日讲起居注官。"十一年，纂修《世祖章皇帝实录》告成，（廷敬）加一级食俸。"十月十二，"以翰林院侍讲学士陈廷敬充日讲起居注官。"（《圣祖实录》）

自任国子监司业起，短短三年时间，陈廷敬连年升级，五次升迁。特别是兼任日讲起居注官。对官员来说，能够"日目天颜"，在皇帝身边，就在一定程度上拥有了"权力"。日讲起居注官之设，是康熙帝在恢复翰林院后，又恢复了由大臣给皇帝讲课的经筵日讲制度。除春秋两季要举行经筵大典，由经筵讲官给皇帝讲课外，还设日讲官数人在平日给皇帝讲课，主要讲授"四书五经"以及《资治通鉴》等。另外，康熙九年，清朝设立了起居注馆，设记注官满四员、汉八员，轮值记注皇帝起居。而这些记注官皆由日讲官兼摄，故称日讲起居注官。当上了日讲起居注官，意味着陈廷敬开始成为康熙帝的近臣。他终于有可能追上那个曾经的自己了。

康熙十二年，陈廷敬三十六岁。转任翰林院侍读学士，充武会试副考官、武殿试读卷官。

这一年对陈廷敬来说，是他与同样出身的汉人"帝党"同仁之间拉开差距的一年，表面上是他从侍讲学士转任了侍读学士，实际上武会试副考官这个任命更重要一些。因为这一年，是"三藩之乱"开启的一年。从这年三月康熙帝下令"撤藩"，十一月吴三桂杀云南巡抚朱国治，举旗号召反清复明开始，广东尚可喜，福建耿精忠起兵响应，三藩之乱的大幕正式拉开，前后绵延八年之久。而康熙帝之所以要撤藩，是因为"藩镇久握重兵，势成尾大，非国家利"。也就是说康熙帝已经感觉到了藩镇的不妥，那么这年九月举行的武会试，自然就被赋予了不同的意义。

"以大学士冯溥为武会试正考官，侍讲学士陈廷敬为副考官"。在如此关键的时刻进行的军事将领考试中，任用了学识渊

独持清德 陈廷敬

博的词臣为副考官，既是康熙帝为改革前代武会试中的弊端，以达"重武兼重文"目的而采取的措施之一，也是他对武将们不那么信任的一种表现。反过来说，陈廷敬成为副考官，正证明了康熙帝对他的信任。陈廷敬自己也说：此"盖异数也"。

这样的信任，还没有结束。

康熙十四年，三十八岁的陈廷敬升詹事府詹事，兼翰林院侍读学士。后又授通议大夫，兼任经筵讲官。

在平定三藩期间，康熙帝为进一步巩固中央集权，防止出现辅臣擅权的情况，也为了抑制叛乱、稳定人心，决定册立太子。康熙十四年十二月十三上谕："授允礽以册宝，立为皇太子，正位东宫。……升内阁侍读学士孔郭岱、翰林院侍读学士陈廷敬并为詹事府詹事。"

允礽就是后来"九龙夺嫡"中的那位太子胤礽，詹事府是辅导太子的机构，詹事是詹事府的最高长官，为正三品。也就是说，康熙帝给陈廷敬吃了一颗定心丸，不但我要用你，将来我的儿子（下一任皇帝）也要用你。这个时候康熙帝并不知道自己会御宇长达一甲子之久，但这一行动释放出来的信号是非常清晰的，陈廷敬成了天子信臣。他的品级也从正四品擢为正三品，进入清王朝高官之列。

康熙十五年，陈廷敬三十九岁，二月，因册封太子，按照清朝典制要派遣十路使臣祭告五岳、五镇（东镇沂山、南镇会稽山、中镇霍山、西镇吴山、北镇医巫闾山），因为北镇地处清朝的发祥地辽宁地区，特派詹事府的詹事前往，以示郑重。所以大学士李霨还说："北镇之役，天子念丰镐重地，秩祀大典，非文学禁近誉望夙孚之臣，不足以宣德意而和神人，故子端复受命以行，于是肃将天语，恪恭蒇事，逾月而旋，可谓畏此简书不遑启处者矣。"说明这时的陈廷敬已是康熙帝的"文学禁近"之臣，也是朝廷的"誉望夙孚"之臣。

九月初五，陈廷敬又转任内阁学士兼礼部侍郎，接着又被任命兼任经筵讲官。关于清朝内阁学士的官品，据《清史稿》的《职官志》记载："初制，满员二品，汉员三品。顺治十五年，并改正五品，兼礼部侍郎者正三品。雍正八年，定从二品。后皆兼礼部侍郎衔。"故康熙时，内阁学士兼礼部侍郎仍是三品官。内阁学士的职掌是，满学士掌奏本章，汉学士掌批"题本"，康熙帝又特别规定："学士乃参赞政事之官，如有所见，应行启奏。"因此，陈廷敬在任内阁学士期间，除了掌批"题本"之外，还要"参赞政事"。他还兼任经筵讲官，还必须在春秋两季举行"经筵"典礼上给皇帝讲课，即向皇帝"敷宣经旨"，以求达到皇帝能够"留心学问，勤求治理"之目的。自此以后，陈廷敬升迁各要职直到升任大学士，但仍兼充经筵讲官。

康熙十六年，陈廷敬四十岁。正月，清廷决定"以内阁学士陈廷敬为翰林院掌院学士"，紧接着又决定"命翰林院掌院学士陈廷敬教习庶吉士"。至此，陈廷敬已身任翰林院掌院学士兼礼部侍郎、教习庶吉士、经筵讲官和日讲起居注官等要职。关

独持清德 陈廷敬

于翰林院掌院学士的官品，清"初制正五品。顺治元年升正三品。雍正八年升从二品"，故康熙时为正三品。翰林院的掌院学士是翰林院之首（满、汉各一人），向来是由"夙具才干""深通翰墨"的大臣来充任。此时除了熊赐履已经在两年前被任命为武英殿大学士之外，同辈中人已经无出其右者。关于这点，在接下来的一年得到了证明。

康熙十七年，四十一岁的陈廷敬入值南书房。南书房设立于康熙十六年十月，是康熙帝读书学习的书房，也是他为进一步集中皇权而设置的机要秘书机构。入值南书房的官员，一般被称为"南书房行走"或"南书房翰林"。其任务，除了于皇帝讲论学问之外，就是起草特颁诏旨。因此，陈廷敬入值南书房之后也就成了与皇帝朝夕相处并"掌王言""承顾问"的近臣。据《圣祖实录》载：康熙十七年七月二十八"召翰林院掌院学士陈廷敬、侍读学士叶方蔼入值南书房"。但据陈廷敬自己叙述，早在这一年闰三月，他就与在翰林院侍读的王士祯一起，被召入值南书房二十八天。他说：

> 闰三月二十一日，于与侍读王君贻上被召入直乾清宫之南殿，宫中所谓南书房者，侍读学士张君敦复晨夕侍上之直房也。予与贻上入直二十有八日，而与敦复睹宸章之巍焕，仰天藻之昭回，见圣天子万防燕闲，从容于文章翰墨之娱，而侍从之臣防恩宠而被清光，有歌颂所不能形容而言语所不

能纪载者。遭逢此时，呜呼盛已！

没有正式任命就在南书房"入值"二十八天，是临时性帮忙还是"实习"性质的，不得而知。但从此段叙述中可以看出两点：第一，从此时起，康熙帝便已做出了命他正式入值南书房的决定；第二，入值南书房，整日与皇帝"从容于文章翰墨之娱"，对一位大臣来说，是"蒙恩宠而被清光"的大事，所以陈廷敬才高兴地喊出："遭逢此时，呜呼盛已！"自此之后，陈廷敬除因丁忧在籍及个别年份外，每年都在南书房入值。特别是在张英致仕之后，他便奉命接替张英"总督南书房"。可见，陈廷敬此时已是恩宠极隆。可不幸的事发生了，陈廷敬的母亲张氏这年因病逝世了。按制，陈廷敬需要返籍为母亲丁忧守制。

康熙对陈廷敬真是器重，破除原来只有满大臣有丧才派人赐茶酒的规定，特遣人往陈廷敬家赐茶酒。《康熙起居注》载：

> 谕大学士等："满大臣有丧，特遣大臣往赐茶酒。满汉大臣具系一体。汉大臣有丧，亦应遣大臣往赐茶酒……翰林院掌院学士喇沙里、内阁学士屯泰、赍茶酒往赐翰林学院学士陈廷敬。"

《养吉斋丛录》载：

独持清德 陈廷敬

　　国初，惟满大臣之丧，遣官赐茶酒。汉大臣之丧，遣官赐茶酒，自康熙十七年始。……康熙间陈文贞廷敬有母丧，诏阁臣察前明实录慰问例具闻。遣内阁学士屯泰、翰林院掌院学士喇沙里赍赐乳茶、捆酒。慰问之典，实始于此。

　　把满汉大臣当作"一体"，符合康熙帝的"联汉"思想和政策。但平等对待满汉大臣的丧事，首先从陈廷敬身上开始，这就反映出康熙帝与陈廷敬之间的密切关系。不仅如此，当时"部议：廷敬母以詹事任封例不得与祭葬，上曰：'廷敬侍从勤劳，其母准以学士品级赐恤。'"一个三品汉官的母亲"以学士品级赐恤"，这在当时也是非常特殊的。"准照满族一品学士恩品级抚恤"，满汉大臣抚恤同等由此开始。

　　康熙二十年十一月，陈廷敬守制期满回京。丁忧前的全部官职得以恢复，并被封赠为通议大夫。此时正值三藩平定，朝廷亦正在用人之际，康熙帝对陈廷敬更加信任和器重。

　　康熙二十一年，陈廷敬仍任翰林院掌院学士、日讲起居注官、经筵讲官。这一年，他最主要的工作是给皇帝进讲，达五十多次。

　　康熙二十三年正月，清廷又调陈廷敬为吏部左侍郎管右侍郎事。两个月后，临时任命陈廷敬与兵部侍郎阿兰泰等人一同管理钱法。

　　陈廷敬先从铸钱局入手。他亲自监督，清除铸钱过程中的浮收、冒领等积弊，消减铜耗量，节省工料。在整顿铸钱的同时，他对造成钱贵银贱的原因进行了调查，认为是奸宄不法之徒因厚利所诱，故铤而走险，毁钱为铜，即便律令对毁钱者的惩罚很重，也不能禁止。为此，陈廷敬提出两条意见：其一是减轻铜钱重量，其二是允许百姓开采铜矿。均得到朝廷采纳并施行。

陈廷敬管理钱法不到半年，即被提升为都察院左都御史，仍兼管钱法。为继续整顿钱法风纪，上任后不久，他便同有关钱法官员立誓，要求有关包揽办铜人员力戒一切陋规。在此期间，陈廷敬态度严谨，措施适当，而且以身作则，用自己的廉洁作风影响着有关人员。

因都察院专司国家风纪，陈廷敬在任左都御史期间，除兼管钱法之外，基于他的利民、便民思想，在提倡廉政、整顿官风等方面，曾向皇帝提出了一系列建言。在社会治安方面，也采取了许多整顿措施。他建议皇帝从衣冠、舆马、用具、婚丧之礼等处入手，整顿官吏奢华积习，培养勤俭之风。为"振兴吏治""官奉其职"，他建议"有未经考试遂行捐纳者，于选除之时仍行考试，文义略晓者即与录用，否则且令肄业，听其再试。"陈廷敬认为，督抚要完成自己察吏安民的任务，首先自身要廉。所以他建议"皇上之考察督抚，则以洁己教吏，吏得一心养民、教民为称职，否则罢黜治罪。"此外，他还上疏参劾云南巡抚王继文，揭发他趁云南结束用兵之际，"亏损国课""侵没饷银",请皇帝"敕部检查"。后王继文被罢官,"由是风纪整肃,中外大小吏莫不动神惶恐"。

康熙二十三年以来,京畿地区盗贼横行,陈廷敬下决心治理。他先对北京城内的"地方民生利弊莫不留心访察",亲自撰写《严饬禁剔病民十大弊,以靖地方、以安民生事》,作为都察院的堂示发布。所列举的"十大弊",既包括盗窃、抄抢等刑事犯罪,也包括赌博等社会陋俗和民事纠纷;既涉及民间犯罪,也涉及不良官风。尤其是对地方官吏的种种不法行为,堂示中揭示甚详,从而抓住了北京城内盗贼横行的根本原因。

陈廷敬任左都御史的同时,还兼任《圣训》《政治典训》《平定三逆方略》《皇舆表》《明史》《大清一统志》总裁官,负担颇重。尽管如此,他对待编纂工作,也多是亲自钻研,一丝不苟,常常和撰稿人员反复研讨、校对。

康熙二十五年到康熙二十七年,陈廷敬先后任工部尚书、户部尚书、吏部尚书。在尚书任上,陈廷敬一如既往,政治清廉,工作务实。

任户部尚书时,他要求属下官吏一定要"无私欲",且"业精于勤"。他身体力行,"正己以勉诸司",并对部下以诚相待。任吏部尚书时,他曾上疏康熙帝,对官吏补缺、举人裁取等问题,提出诸多切中时弊的改进意见。

康熙二十七年,陈廷敬因亲家张汧贪腐案,自请解任吏部尚书。

张汧案被揭发时，康熙帝曾当面询问陈廷敬："张汧居官何如？"廷敬回答道："张汧系臣同乡亲戚，性行向来乖戾。"陈廷敬之心公德正，此言可鉴。解职期间，陈廷敬利用这难得的余暇时间，写成《杜律诗话》，并撰写了许多文章。在给于成龙作传时，他充分肯定了于成龙作为廉吏的高风亮节，也反映出他洁身自好、不与世浊的心态。

康熙二十九年二月，陈廷敬被重新起用，这表明张汧案对陈廷敬的影响已经过去，其仕途又进入了一个新的阶段。

从康熙二十九年至康熙四十二年，陈廷敬的经历和任职情况如下：康熙二十九年二月，再次任左都御史；两个月后，再次任经筵讲官；七月，转任工部尚书。康熙三十年六月，转任刑部尚书。康熙三十一年七月，因父亲病故，回籍守制。康熙三十三年十一月，转任户部尚书。康熙三十七年五月，复值南书房。次年十一月，又调任吏部尚书。陈廷敬自康熙三十一年以后任各部尚书期间，都享有正一品光禄大夫的封阶。

在陈廷敬后半生近十四年的宦海生涯中，他更为勤谨事功，廉洁守正。他认为言官的建言有关民生利害，"臣思科、道之设，所以广耳目而申献纳，于人才之邪正，吏治之贪廉，事关生民利害者，必正言无隐，而后克副斯职"。所以奏请康熙帝剪除言官陋习，以使言官，第一，遇有不法者，"则当切实指陈"，不得只"毛举细故""欲以塞责了事"；第二，"凡有建白，不许预闻于堂官僚友"，并杜绝他人"请谒"，以防"嘱托之弊"；第三，言官"言不轻发，发而必当"；第四，有些官吏上疏进言，"冗长之词多，论事之言反少"，"章疏拉杂，闲文冗沓繁芜"，今后"进言之体，贵乎简明"。

任左都御史期间，陈廷敬以向皇帝"进言为己任"，积极推荐既贤且廉的官吏。灵寿县县令陆陇、清苑县县令邵嗣尧经他推举"擢为御史"后，有人质疑邵嗣尧这样的刚毅之人"易折且多怨，恐及公"。他回答说："果贤与，虽折且怨，庸何伤。"

任刑部尚书期间，陈廷敬提出了"刑官之要"四条：一要"格非心"，匡正一切邪念，严禁"枉法行私，招摇纳贿"；二要"审律例"，凡大小案件都要依律执行；三要"清堂规"，"堂上必须清肃"；四要"惩猾吏"，严禁差役横行，严禁吏卒吓诈、虐索，严禁欺辱女犯，严禁赃罚错漏，严禁号件遗漏。

陈廷敬从"民本"思想出发，重视对百姓施行教化。曾重新刊刻《小儿语》和《宗约歌》，劝人知法守法，读来通俗易懂。

复任户部尚书的五年中，他坚持务实精神，政绩显著。姜宸英曾评论说："其……务以省费节用，藏富于民，而为国家千万年根本之计。"他积极协助康熙帝推行"蠲免赈济"政策，对因自然灾害或战争波及的山东、河南、安徽、江苏、浙江等省份的经济恢复和重建起到了关键性的作用。

陈廷敬为官一生，廉洁奉公，小心谨慎。可用清、慎、勤三字来概括。所谓清，即清明廉洁；所谓慎，是指其为官谨慎小心，待人处世上"老成、宽大"，政治生活上"慎守无过"；所谓勤，是指他为官勤奋，极为敬业。

康熙四十二年四月，康熙任命陈廷敬为文渊阁大学士兼吏部尚书。他成为清朝文官中的最高级官吏，日常工作也越发忙碌和紧张起来。除了处理政务之外，他仍兼任南书房总管，编书任务特别繁重。在任大学士的九年间，他先后主持纂修《明史》《平定朔漠方略》《玉牒》《佩文韵府》《康熙字典》等多部国家重要图书典籍。

康熙四十九年，陈廷敬"以原官致仕"，但仍留住北京，继续修书。

康熙五十年，大学士张玉书随皇帝巡视热河途中因病逝世，年已七十三岁的陈廷敬奉谕第二次入阁任大学士。

康熙五十一年二月，以耄耋之年继续在内阁办事的陈廷敬终于积劳成疾，卧病不起，经两个多月的治疗，于四月十九病逝于北京宅邸。

陈廷敬逝世后，康熙帝作挽诗悼念："世传诗赋重，名在独遗荣。去岁伤元辅，连年痛大羹。朝恩葵衷励，国典玉衡平。儒雅空阶叹，长嗟光润生。"并予以隆重祭奠，谥号文贞。

另，陈廷敬自考中进士并被选为庶吉士后，便走上了做官兼治学的道路。他不仅为官清正廉明，治学上亦严谨勤奋，造诣很深。

陈廷敬之所以致力于学问，最根本的，是他自己的人生价值取向。在他看来,既要为官,就必须坚持"以民为本""力行教化""厘剔夙弊",为国富民强殚精竭虑。而要达此目的,为官者必须深研经史。也就是说,他的治学是要"探六艺之秘微","索乎历代盛衰之故",以"备国家异时之实用"。

无论是做人、为官、治学,陈廷敬正如其名字中的"廷敬"二字,真正是敬于廷,而事于功。

陈廷敬

【独持清德】

一、莺啼燕语报新年

公元1638年,这是一个在整个世界历史上并没有什么重要事情发生的年份。

勉强来说,从世界的角度来看,伽利略在这一年出版了被后世称为第一篇材料力学的著作《关于两门新科学的谈话和数学证明》,对这本书的肯定其实只是为了嘉奖伽利略的创新和勇气，因为书中对于梁内应力分布的研究还很不成熟。在日本岛上，已经适应了统治者身份的德川幕府开始对信奉天主教义的切支丹教徒严酷迫害，短短几年内，采用烧死、杀死、赐死的方式处决的教徒达到一万余人。于是十六岁的俊美少年天草时贞带领一部分以前的家臣和教徒起义，"岛原天草大起义"在这一年内爆发，但起义最终在德川幕府的全力镇压下以失败告终，天草时贞不愿被俘受辱，便切腹自尽，他的首级被割掉送到京都六条河原示众。"太阳王"路易十四在这一年诞生，如果当时的人们知道这个在位时间长达七十二年的君主，在他实行了绝对君权制后，使得法国成为当时的欧洲霸主的话，他们一定会更加重视这一年。可惜他出生的时候父亲路易十三仍然身体健康，在当时名声更大的是枢机主教黎塞留，路易十四崭露头角还要在几十年后。

从国内的角度来看，其实情况有些类似，这一年岁在戊寅，是崇祯十一年，也是皇太极登基建立大清国、称帝之后的第三年，年号是崇德。这一年当中也发生了很多大事，诸如：李自成兵败，仅余十七人跟随逃入山中；张献忠投降，当然不久之后他又再次反叛，这次只是假投降；清军破关，再次进逼京师，但因为从崇祯二年开始这已经是清军第四次破开长城防御系统了，所以虽然大家很紧张，但好像渐渐地也就麻木了；年末岁初卢象升战败死了，孙承宗在高阳艰难抵抗后举家殉国，这么重要的死亡事件放在明末这段历史中，却没有什么意义，因为五年后孙传庭战死了，"传庭死，而明亡矣"，对于明朝来说，这件事好像更重要。整个国家处在内忧外患、动荡不安的处境中，但好在，一切都还在向前发展。在之后不久的时间里，闯王入京，崇祯自缢，清军入关，对历史来讲这些时间节点好像更重要些。与此相比，1638年还算平淡。

这一年的十一月快到月底的时候，在山西南边泽州阜阳城的中道庄，当地大族陈氏家族的家主陈昌期在后宅堂屋的太师椅上默然独坐，院落里很安静，这对他来说很罕见。平时他更喜欢在自家的庄子上走动，一个是族规规定家中子弟不得远离稼穑之事，另一个是现如今天下不太平，旁边的河南、陕西"民乱"此起彼伏，大股小股的盗匪、义军多如牛毛，时不时就会有人来打秋风，要多加留意。陈氏家族从陈靠起到现在已经传了八代，不能说累世簪缨，但也称得上是地方大族，日常往来都是天官王府、西文柳家和湘峪孙家这样的顶级世家，"圈子"级别很高。树大招风，所以一些地方事务不可避免地会找上门来。本来家中这一辈成就最高的是陈昌期的哥哥陈昌言，但陈昌言常年在外做官，身为族长的他就只好出面，四处应酬。这些繁琐事务在身，时间被牢牢占据，陈昌期已经很久没有像今天这样安安静静地坐着了。但他并不享受这独处的时光，虽说也还守着"君子慎独"风度，可微微颤抖的衣袖，不时抬眼望向屋外的举动，都表明他的心不静。

忽然外面一时嘈杂，陈昌期眼皮颤动，猛地站起身来，然

独持清德 陈廷敬

后又慢慢坐了回去。管家已经快步走了进来，进屋就是双手拱拳，满脸喜色地说道："恭喜老爷，巳时三刻夫人诞下麟儿，重七斤六两，母子平安。"陈昌期沉稳地点点头，回道："传下去，稳婆得力，赏银一两，衣服一身。"管家应"是"。陈昌期咳嗽一声，起身向外走去，他要去看看刚出生的儿子，虽说君子抱孙不抱子，但这是他的长子，陈昌期对他抱有无限的期待。

正畅想着自己的儿子将来风光无限，嘴角都扬起的陈昌期，猛然被一个小孩撞入怀中，回过神来的陈昌期耳朵都快被小家伙的呼喊声塞满了："叔父，叔父，我是不是有弟弟了？是弟弟还是妹妹啊？他长得好看不？我能不能去看看他啊？"他低头看着笑得合不拢嘴的小娃娃，这是他兄长陈昌言的儿子，今年六岁，名叫陈元。陈昌期说道："我正要去看你弟弟，跟我一起去吧。"小男孩大声说好，拉住陈昌期的手快步向前，甚至几次发力，险些把陈昌期的身子拉歪。

陈昌期稳了稳，一边走一边对陈元说："元儿，有了弟弟这么高兴啊？"

陈元头也不回地说道："当然高兴了啊，为什么会不高兴？"

陈昌期说："当然要高兴，可高兴和高兴也是有不同的。"

小陈元"哦"了一声，奇怪地问道："我有了弟弟高兴，怎么还有不同？"

陈昌期说："你是为有了弟弟高兴，我是为了你为有了弟弟高兴而高兴。"

陈元听不太懂，向前走的劲头都小了些，回头看向陈昌期："叔父，这么说，你不为弟弟高兴，反而为我高兴？"

陈昌期摇摇头说："我为他高兴，也为你高兴。"

陈元挠了挠头，甚至停下了脚步说："我听不懂。"

陈昌期也停了下来，温和而又严肃地对着自己的侄子说道："因为你们是兄弟。你今天表现出来的兄弟之情，让我想到了我和你父亲之间的感情，兄弟阋于墙而外御其辱，兄弟同心，其利断金。"

陈元恍然大悟，咧嘴笑着说："叔父说的是这个意思啊，哈哈，这个道理父亲早就跟我说过了。"

陈昌期点点头，拉着陈元再次迈步："嗯，是啊，兄长之能十倍于我，这样的道理肯定早就教导过你了。"

陈元呵呵乐着继续一蹿一蹿地向前走："可是，我高兴才不是因为这些道理呢！"

陈昌期问道："哦？那是为何？"

陈元大声回答："我就是为我有了一个弟弟而高兴，发自心底地高兴。"

陈昌期哈哈大笑，陈元也跟着大声笑了起来，可他只是稚童，身体还未长成，这般大笑不多时就呛住了气开始咳嗽，小小的身子都缩了起来。陈昌期一惊，连忙给他轻拍后背，等陈元停止咳嗽，开始喘粗气后，便把他抱起来向前走。

陈元在陈昌期怀中连喘了好几口长气后，又按捺不住要下地，陈昌期牢牢抱着他不松手，陈元也就安静下来，却又开口说道："叔父？"

陈昌期："嗯？"

陈元："今年是寅年，寅虎卯兔，弟弟是不是就是传说中的虎子？"

陈昌期愣了愣，突然再次大笑起来，对着不远处回来复命的管家说道："今晚开始，宴开十日。家中上下、庄中宾客、内外僮仆并乡亲村邻悉皆不论，席开流水，灶火不息。另外给王家、柳家和孙家下帖子，邀请他们参加我家虎子的百岁宴。"

"虎子"此时正被自己的母亲抱在怀中，昏昏沉沉地不知世间艰辛地憨睡着。说起来世上儿童诞生日都是母亲的受难日，陈夫人张氏出身书香门第，出嫁的又是阳城陈氏这样的地方大族，理论上该是个娇滴滴的身子，这又是头胎，生育对她本该是个难缠的事情，甚至可能变成"鬼门关"，可怪就怪在这次生育无比顺利，前后不到一个时辰，小娃儿瓜熟蒂落。张氏捧着这个小孩儿，有些苍白的脸上满是慈爱，忽然看见儿子嘴角流出一丝口水，不禁微笑起来，过往所学诗篇中"棘心夭夭，母氏劬劳""慈母抱儿怕入席，那暇更护鸡窠雏"的句子现在忽然间就"懂"了。

陈夫人张氏的名字究竟叫什么不可考，斑斑史书之上留下名字的女子寥寥无几，这当然是与文化传统相关，但究其根本，是女子的劳动能力不足造成的。任何系统必然是符合最基础的需求与供给的关系，所谓经济基础决定上层建筑就是这个道理。因为不需要参加社会劳动，所以女子的活动范围也就被局限在小家庭之中，甚至在最后渐渐地演化出"女子无才便是德"这样的泛化到精神层面的所谓"规矩"。但既然这一切的根本是"生产力"问题，那么必然伴随着两个现象：一个是"纯粹的"生产力进步最终会让"人"的价值不止局限在"体力"，而是更为丰富地体现在各种"能力"中，于是让"性别"带来的区别越来越小，最终无限接近平衡，也就是"男女平等"；另一个就是"制度"必然落后于"实际"，体现在历史上，就是越文明的历史，女子的地位就越是高，参与的社会活动就越是丰富，汉朝女子强悍是这样，唐朝女子强大也是这样，到宋朝尽管已经有了所谓的"理学"，但在当时女子的社会地位也还是相当自由的。可惜的是，陈夫人张氏所处的年代，几乎到了封建文明最成熟的时期，无论是生产力还是整体的"制度"都已经足以给所有女性套上"完美"的枷锁，在当时绝大多数的中国家庭中，女子的生活空间已经被规定得非常清晰：生育、哺育、抚育，繁衍成为她们最重要甚至几乎是唯一的使命。

但陈夫人张氏有些特殊，她不但识字，而且能读书。

在现代人的眼中，读书、识字是一回事，但在明清之际，这中间的区别是很大的：识字，仅仅只是认识字。可认识字，不一定能认得对；认对字，不一定知道意思；明白字的意思，不一定能讲得清字的来历；能讲清字的来历，不一定搞得懂字

独持清德 陈廷敬

的争议。差不多要把这些搞明白了，才有资格去读书。而读书也不仅仅止于"字"，就好像"句读"表面上看是断句问题，实际上却是理解问题一样，读书实际上是古代一切思想活动的代称，是"形而上"的。而阅读经典，就是读书的最基础、也是最明确的途径。史载：因为张氏"少而颖慧特异"，洪翼"奇爱之"，便亲自教授她"四子、《通鉴》及《列女传》诸书"，她"无不背诵，通晓大义，能文工书，道如经生"。

果然，像几乎所有的"良母"模板一样，在介绍陈夫人张氏的文章中，提到张氏为什么会有这样的能力的时候，大家说"张氏出身书香门第"。这当然是张氏能读书、会读书的先决条件，毋庸置疑，但这句话有点偷懒了，或者说这是一种"幸存者偏差"——能够成为贤妻良母的古代女性，读书识字是前提，因为若非如此不能"明理"，但这些只是充分条件（毕竟还是有着例外，一些没读过书的杰出女性即使凭借着朴素的本能也可以成为这样的人），而不是必要条件。不是所有的出身"书香门第"的女子都可以成为贤妻良母的。某种程度上，书香门第本身是分层次的，不是读过书，可以读书，习惯于读书的家族就都是书香门第。所谓"门第"，原始意义就是大门和子弟，其中大门表示的是整个家族的层次位置，子弟指的是殿试中进士的身份，也就是"进士及第"中的"第"。这本来是曾经的那些"世家大族"才可以使用的身份，后来随着科举制度的不断完善，大量曾经出于社会底层的"寒门子弟"通过科举完成了身份跃迁,并遗泽后世,形成了新的大大小小的家族,于是在名称上也要"僭越",日常也自诩"门第"。这样的风气渐渐盛行,民间也就统称读过书、中过举、当过官的人家为"书香门第",甚至到后来有钱人家供养子弟读书,即使数代未曾出过金榜题名的子弟,但乡亲们也会用这个词语来称呼他们。后来甚至泛化到有"族学"的家族在周围人眼中就都是"书香门第"了。当然,也有人不这样认为。在《清稗类钞》中有这样一个故事:三人相见,互相介绍,均称世家子弟,可是其中一人在介绍了自己的家世后,另外两人就笑而不语了,他惶然不已,最后匆匆离去。他离开后,剩下的两人相视一笑,一个说祖上无堂,何敢称世家,另一个赞同道,三世不第,也敢说书香。意思就是祖上不是望族,甚至没有"堂号"流传于世,并且已经好几代人都没有取得功名,这样的家族是不能称之为"书香门第"的。

张氏的祖父是万历年间的进士张之屏,查张之屏的履历可以知道,他的祖父就已经读书有所成,担任过"王府教授"。这是一个宋代开始设置的官职,掌教训王者子弟,《宋史·职官志》中解释说是给"亲王"设置的。张之屏的父亲张知本没有什么历史性成就,但曾经当过"寿官"。这是一个"荣衔",奖励"德行着闻,为乡里所敬服者",只有官帽官服,没有爵位。受赐年龄最初为百岁,到万历以后降为七十岁。只在恩诏颁布时才得以赐给,整个明朝三百多年里仅授过十九次。反过来看,

独持清德 陈廷敬

张之屏的父亲张知本虽然没当过官,但在乡间有着相当大的影响力,在那个时代,有这样的影响力虽然摆脱不了"财富因子",但知书识礼是重要因素。这样第三代的张之屏能"山西乡试第二十名,后参加会试第一百六十八名。万历二年,登进士第二甲第四十名","累官陕西商洛道左参政"就不无根由。张之屏是进士,他的儿子,张氏的父亲张洪翼稍逊一筹,没能当上进士,可也考中了举人。千万不要小看"举人",明制举人可免役免赋,也可以当官,《儒林外史》中的名篇《范进中举》形象地描写了普通人中举后的疯狂,从侧面反映了"举人"身份的含金量。张洪翼还担任过直隶威县知县。所以张氏祖上两代都读过书,做过官,虽然在严格意义上还称不上"门第",但在明中后期的历史环境下,"书香门第"的说法就这样被冠之其上了。但请注意,我们这里一直在说的一个关键,是"认识":并不是所有的被称为"书香门第"的家庭都能够意识到对子女,尤其是对闺女教育的重要性,明朝"程朱理学"已经沉淀到社会生活领域的方方面面,能够意识到教育女性后代的重要性的,基本上是意识到这样的教育背后的"价值"——没有收益的付出,凭借理想可以坚持,但想要扩大或者说普及是绝无可能的,也是违背"人性"的。因此我们可以明白,数量众多的"大家族"对"女儿"进行知识教育,根本还是"有利可图",利在何处呢?

便是"下一代"。

岳母刺字,姑且不说这个传说中的"精神核心"问题,只谈论一点，岳母本身要"识字"。画荻教子，欧阳修的母亲也要"识字"才能做到。可见在家族继承人培养方面，拥有一个可以直接给孩子启蒙的母亲是多么重要。反之，因为没有足够的"理性"或者说"智慧"，而把下一代教育歪了的情况也屡见不鲜。《红楼梦》当中的"贾环"之所以人见人嫌，与"赵姨娘"小户出身直接相关，以至于曹雪芹直接说"失怙长女，不可为家门大妇"。因为张氏读书博学，便承担起对儿子（当时尚名敬，后更名廷敬，这里称"廷敬"是叙述方便使然）的启蒙教育，故廷敬"尚未就外傅，凡四子书、毛诗皆太夫人（张氏）口授以诵"。特别应该提到的是，张氏教育子女比丈夫陈昌期还要严格。廷敬未请塾师教授之前，张氏对他口授；有了塾师之后，每次下学，张氏"必篝灯督课之，与塾师不少异"。

张氏看着怀中的孩子，憧憬着他的未来。在这个中原朝廷摇摇欲坠，眼看着就要改朝换代的乱世，能够平安成长才是最重要的。所谓"乱世之际，人不如狗"，虽然陈氏家族在当地是大族，平日里还算安稳，可政权不稳带来的制度崩溃，以及必然引起的规则失效，让此时的中原大地上各处都以"暴力为王"，谁手中有力量，谁就可以行使自己的欲望。读过书的张氏比寻常人家更理解这个世界的本质，保平安在这个时候其实就是最"奢侈"的愿望了。

"惟愿吾儿愚且鲁，无灾无病到公卿。"到公卿先不考虑，希望吾儿无灾无病则是实情。天下母亲大概心同此理。在这一

独持清德 陈廷敬

年的正月，其实另有一个参与历史，甚至改变历史的人物也诞生了，他的母亲和张氏一样，希望自己的儿子能够无灾无病地成长起来。但是她对儿子的期望和张氏却又不同，所谓的"到公卿"对他的儿子来说不是什么善祷善颂，反而更像是诅咒。她姓博尔济吉特，这个儿子姓爱新觉罗，假如最终这个孩子只是"到公卿"，那就意味着儿子在复杂的斗争环境中并不是最后的胜利者，在这群姓爱新觉罗的孩子中，必然会有一个走上那个最高的位置。反正要有一个胜利者，为什么不能是我的儿子呢？博尔济吉特氏这样想着，她看着眼前的孩子，母亲的慈爱还在，但似乎还有一些其他什么隐藏其中。

可这个小爱新觉罗在他的婴儿期和其他的人类幼崽一样，睡了吃，吃了睡，号啕大哭，呼喊排泄，并不知道自己的名字，将来会被写进历史当中，虽然短暂，但不可轻视。

他叫福临。

他还有另一个更广为人知的称呼——顺治。

就这样，在这一年，清朝的第三代皇帝爱新觉罗·福临和我们的主人公陈廷敬分别在年头和年尾降生。彼时他们还不知道，在不远的将来，彼此之间会产生一些纠葛，这些纠葛放在世界历史当中连涟漪都算不上，但历史的尘埃，落到个人身上也会变成一座山，陈廷敬会因此遭遇到很大的挫折，可这甚至算不上是福临的无心之失，只是纯粹的波折连带而已。

但无论如何，讲述陈廷敬，总是要从这一年开始的。

二、学以致用

陈廷敬作为清初汉臣，能够与"千古一帝"康熙帝以君臣之礼善始善终，并且历任五部尚书，担任多部字书编纂官、总纂官，毫无疑问他是个聪明人。聪明，是智商高的意思。说到智商高，我们历史上很多名人轶事都喜欢强调这个，比方说刘伯温、纪晓岚，要不然就是在民间传说中会赋予他们特别高的

独持清德　陈廷敬

地位，比方说阿凡提。这里我们要说的聪明是指可被量化的"聪明"，这一点，从制定科考制度之后，天下的读书人就都有了"硬杠杠"。

　　察举制作为科举制之前的人才发现制度，有着巨大的缺陷，那就是"主观性"完全覆盖掉了"客观性"，换言之就是完全由"人"说了算。大家都知道绝对的权力会导致绝对的腐败，这样的制度为权力寻租提供了天然的便利。并且，察举制还有另一个隐藏的危险，那就是"裙带"与"阶层固化"，这就不难理解为什么陈群制定"九品中正制"之后，就有了"上品无寒门"的现象。科举制则不同，抛开皇权与世家之间的权力博弈这些因素，只说科举本身对人的基本素质的考察：能够帖经，那么起码记忆力过关；能够墨义，那么就要有相对广泛的阅读量；能够诗赋，那么基本的逻辑能力和基本的想象力就不用担心了；能够策论，那么基本的分析能力和相对突出的综合能力是具备的。我们现在的公务员考试，其实也是考察这些方面的能力。

　　当然，这也不是绝对的，并不是说考试成绩就直接代表了一个考生的智商或者知识水平，更不可能就此决定一个官员最终的成绩。张又新、崔元翰、孟宋献、陈继昌的名字谁有印象？他们都是连中三元的天才，这样的天才历史上一共只出现过十余人，可我们还是记不住他们，就是因为和同时代那些更杰出的人才相比，他们的影响力更小，取得的成绩不大。接下来我们来看看陈廷敬的读书生涯。

陈廷敬出生时，陈夫人张氏就已经决定要尽自己所能教好这个孩子，更何况家中的人都在读书：夫君读书，大伯子读书，小叔子读书，大侄子同样读书，并且大家都还读得不错。丈夫陈昌期对经学的研究很深，还主张学以致用，日常坐卧都有讲究，家业也因此被打理得蒸蒸日上；大伯子陈昌言更是考取了进士，此时已经在外做官，时时来信，附带着新作的诗句和文章，引人入胜；小叔子昌齐端方贤良，读书不求速度，但求精解，学问非常扎实，虽然最近身体不太好，但仍手不释卷；大侄子陈元是个天才，刚刚开蒙就日诵千言，把启蒙老师吓了一跳，真希望敬儿以后也能像元儿一样这么聪明啊！

决定了，明天起就教他读书。

晚上，张氏把这个想法告诉了丈夫陈昌期。

昌期有些哭笑不得，"哪里有教刚出生的孩子读书的道理？更何况，你教他，他也听不懂啊，不是吗？"

张氏此时虽然已经生了孩子，但岁数其实不大，仍是少女心性，闻言嘟着嘴唇，半是玩笑半是认真地说道："可我担心他将来比不上元儿，就想早点让他用功。"

昌期脸色微微变了一下："元儿也不过开蒙，你紧张什么？"

张氏看看昌期的脸色，撇撇嘴："没紧张什么。"说罢翻身睡去。

昌期看着张氏的后背，沉吟了一下，也不再说话，熄灯上床。

独持清德 陈廷敬

张氏却没睡着,黑暗中听着丈夫逐渐细沉的呼吸,她心中琢磨着刚刚的想法,下定决心,就这么办。

君子讲究抱孙不抱子,所以陈昌期不太关注婴儿期的儿子,并且随着天气越来越凉,三弟昌齐的呕血症也越来越严重了,他作为家长,紧张却又无能为力,他唯一能做的便是经常去探望,因此大部分时间陈昌期都是在三弟那边。

张氏从乳娘手中接过陈廷敬,示意乳娘出门去。刚吃饱的陈廷敬已经睡着了,张氏抱着他,轻轻哼起歌谣来。还没跨出屋门的乳娘本来满脸笑容,但听了张氏哼的歌谣后,脸色变得有些古怪。

张氏哼着的,不是当地的小调或者儿歌,而是《关关雎鸠》:"关关雎鸠,在河之洲,窈窕淑女,君子好逑。"

诗歌诗歌,诗以言志,歌以言情,以前的诗都是能唱的,古朴的歌词在张氏的低声哼唱中别有一番韵味,可是乳娘却觉得奇怪:这主家的张娘子,唱的歌好怪啊!

《午亭文编》记载:"廷敬尚未就外傅,凡四子书、毛诗皆太夫人口授以诵。"这里说的"四子书",就是《大学》《中庸》《论语》《孟子》,而这里说的"毛诗",指的是毛亨、毛苌编纂注释的《诗经》,因为后来鲁、韩、齐注释的《诗经》已经完全不传于世,所以所谓的"毛诗"其实就是我们现在所熟知的《诗经》。

有过幼学经历的朋友们会知道,小孩子小的时候听到过的文章和诗词即使后来不能清晰地背诵出来，但稍加复习，便能轻松背诵出来，这就是胎教和幼教的益处。陈廷敬后来体现出来的对诗词的敏感，某种程度上应该与小时候张夫人给他唱的诗词歌谣息息相关。

崇祯十六年，这一年距离崇祯煤山自缢、明王朝终结只剩一年。这一年陈廷敬六岁，母亲张氏认为这个时候陈廷敬已经具备了正式学习的基础，也就是说现在陈廷敬的基本逻辑思维和感知归纳能力已经建立，于是陈昌期出面，请了一位老师给陈廷敬进行真正的开蒙。

此时的陈家已经感受到了王朝末期的气息，地方上的动荡涟漪让昌期不能总在家中坐镇，但他对下一代的培养却从未松懈。在陈廷敬入学开蒙之前，家中私塾中的闪光者，是他的堂哥陈元。

陈廷敬和陈元兄弟俩关系十分好，对陈廷敬来说，堂哥陈元不仅是玩伴与亲人，更是自己学习上的榜样。因为他已经在母亲的教育下明白了诗词文章的美感和力量，所以才能清晰地感觉到被家中所有人，包括被老师称赞的陈元在读书方面是多么厉害。

陈元幼时就非常聪颖，他的父亲昌言在家的时间虽然短，但对他的启蒙做得很好，之后昌期也对陈元进行了非常严格的督促，等到陈廷敬六岁开始读书的时候，陈元已经可以开笔做文章了。大家知道，文章千古事，又有话说叫作"文以载道"，

独持清德 陈廷敬

文章的创作对思想和逻辑有更高的要求。但话说回来，在传统文化当中，诗词是对个人天赋更偏重的领域。也就是说，相对于作文来说，作诗更看重天赋；相对于作诗，作文更看重功夫。在家塾中老师王先生对陈廷敬进行的是基础的文字教育，也就是老师念一句，陈廷敬跟着念一句，以此学习认字，并且进行初步的断句和理解。但好学而又想与堂兄比试的陈廷敬，却会跟着陈元学习写文章。

其实，在陈廷敬的心中，越是跟着陈元写，他就越有点沮丧，因为陈元的文章写得太好了。《阳城县志》中这样描述陈元："博览古人传记，奇诡之文，目不再涉而谈论娓娓；下笔如风起泉涌，千万言顷刻立就。"六岁的陈廷敬为什么能在如此压力之下还坚持读书呢？因为张氏啊！"于家政稍暇，即出书籍，凭几庄诵，非丙夜不归寝，经生好学者亦无以加也。"这是身教，每天一有工夫，张氏就会读书。而且，她不但自己读，每次廷敬下学，张氏"必篝灯督课之，与塾师不少异"，她还监督着陈廷敬读。

于是陈廷敬只能咬着牙向着心中的天才追赶，这也是他在学生时期能痛下苦功的重要原因。

因为陈廷敬跟着陈元学习作文，因此他在正式读书的第二年，自身的兴趣就已经在比较强调"说理"的文章范畴内强烈起来。陈廷敬的阅读趣味明显不像个初读书的蒙童，更加不像个孩子，他已经对哲学、对文学理论开始有了兴趣。"吾六七岁从塾师受句读，见左氏尚书传喜而窃诵之，虽诃其不急，弗顾也。后每见古文辄喜诵之家故多书……乃尽发其新旧书得纵观焉。"也就是在这一年，他遇到了薛瑄。

大学士李光地在《说岩陈公墓志铭》中是这样说的："公生有异秉，九岁尝赋牡丹，有'要使物皆春'之句，闻者已惊其度。博涉经史，爱河津薛文清《读书录》，所得尤多。"李光地这段话，说了两个意思：其一是说陈廷敬自幼就有作诗、治学的天赋；其二，也是主要的，是说他受明末学者薛瑄的影响。不仅李光地是这样讲的，陈廷敬自己是这样讲的，很多熟悉他的人也是这样说。

姜宸英在《大司农陈公寿宴序》中写道："公自志学，即以圣贤自期，得心法于其乡薛文清公《读书录》。"林佶人也说："作为诗古文词，其标准一以河津为的。"可见，陈廷敬走上治学的道路，与他少年时阅读薛瑄的著作分不开。

薛瑄（1389—1464），字德温，号敬轩。河东河津（今山西运城）人。明代著名思想家、理学家、文学家，河东学派的创始人，世称"薛河东"。

薛瑄为永乐十九年进士，官至通议大夫、礼部左侍郎兼翰林院学士。天顺八年去世，赠资善大夫、礼部尚书，谥号文清，故后世称其为"薛文清"。隆庆五年，从祀孔庙。

继曹端之后，薛瑄在北方开创了"河东之学"，门徒遍及山西、河南、关陇一带，蔚为大宗。其学传至明中期，又形成以

独持清德 陈廷敬

吕大钧兄弟为主的"关中之学",其势"几与阳明中分其感"。清人视薛学为朱学传宗,称之为"明初理学之冠""开明代道学之基"。高攀龙认为,有明一代,学脉有二:一是南方的阳明之学,一是北方的薛瑄朱学。可见其影响之大。其著作集有《薛文清公全集》四十六卷。

陈廷敬的家乡阳城正是薛瑄思想传播的中心地带。他成为信徒并不奇怪,奇怪的是,廷敬一生的作为,包括他的文章,却并没有多少薛瑄的影子。据《午亭山人年谱》记载:陈廷敬"康熙元年……得河津薛文清公之书,专心洛闽之学。"研究薛瑄是他幼年的夙愿,加之后来又在庶常馆学习经学,所以很容易取得成果。

从一些有关资料来看,陈廷敬的《困学绪言若干则》《蓍卦赋》《河图洛书赋》《伏羲先天策数本河图中五解》等研究经学的作品,可能在此时就已成稿,或者是此时已有了初稿,后来又修改而成。

洛学,就是二程的学说;闽学,是朱熹的学说。说来说去,还是在说陈廷敬一生的学问与理学有关。

说到这里,我们澄清几个概念:儒学,经学,朴学,实学。

儒学实际上并不是一个精确的学术概念,或者说因为儒学长期以来一直处于思想领域的统治地位,所以有很多其他的学问改头换面加入了儒学。因此到了清朝,儒学已经成为一个集合概念,几乎整个文字方面、思想方面的学问都可以放到这个概念里。

经学也是类似,在不断外延其边界。只看最初的经典只有五部(即所谓"五经"),然后六部、九部,之后十二部,直到最后的十三部——所谓"十三经"的提法就是这么来的——就可以看到经学外扩的态势,更何况还有各朝各代、各家各派对经典的解读。因此到了后来,经典及其解读也洋洋洒洒,蔚为大观。

这时,就有人提出要"重读经典","重拾经典"。随之便发展出了最根本的针对古代儒家经典的学问,这就成了一门专门考据治经的学问,称为"朴学"。讲究资料的收集和证据的罗列,上承汉儒,主张无征不信——没有确切的出处就不主张。狭义地说,陈廷敬一再宣称自己研究的,就是这门学问。

但是,一切历史都是当代史。

清朝因为"以小族临大国",所以对思想方面的东西管得极严。这直接导致清朝从前期开始就在学问方面极不自由,而当几次大规模的"文字狱"发生之后,整个学术界就更是"万马齐喑"。

为了不触怒当权者,大家把精力都投入到了不会出问题的考据训诂学上。文人好面子,称之为继承北宋的实体达用之学,命名为"实学"。不过,在清初,实学最初面世时,是抱着革新儒学的目的的。

看看它的代表人物:顾炎武、黄宗羲、王夫之。再看看它的核心宗旨——经世致用，要史学经世，明经致用——就是要知道它是要干吗的。就是说，学问必须有用于国事。

它的直接斗争对象，就是程朱理学和阳明心学，"实学"家们认为这些学术空泛而且无用。不过实学和朴学之间的定位有交叉的地方，都认为顾炎武是其代表人物。但有一点是毋庸置疑的：清初，山西是这方面学术的重镇所在。

陈廷敬为什么会对实学这么感兴趣呢？

关键在于这个特殊的时间段。

易代啊！

这次的朝代更替与之前的朝代更替稍有区别。此时天下人都知道大明朝会完蛋，但不清楚的是，究竟谁会代替大明朝成为天下共主？

崇祯十一年，明朝帝国内部的义军已经糜烂了一半的江山，而关外的女真已经数次突入边墙。就像是两匹狼在争抢一块肥肉。身为肥肉，百姓们知道肯定是要被狼吃了，但究竟会落到哪匹狼的嘴里，决定权不在肉，而在狼。那些升斗小民可能还会对狼有所偏好。"吃他娘，着她娘，吃着不够有闯王"，"闯王来了不纳粮"，有人还期待着闯王来了会有好日子过。但这些掌握了更多财富，也掌握了更多信息的所谓"既得利益群体"，谁又不明白，狼，怎么会不吃肉！

陈氏家族从崇祯五年开始修筑防御性堡垒河山楼，一个关键性的原因就是为了防止"流贼"。到中道庄城修建完毕，整个家族的居住地成为一个大堡垒，前后十二年，经历大小二十余次的"贼围""贼经""贼攻"。前前后后不停有义军经过，围困，攻打，试图占据他们的家，抢夺他们的粮食，掠夺他们的人口，杀掉他们的领头人。在外为官的陈昌言，更是亲眼见过"贼过如洗"的地方。

刚刚倒下的明朝，之所以号称历代以来得国最正，是因为他们打跑的是异族统治者。所以长期以来一直受到民族主义教育的明朝百姓，非常清楚地知道一点：异族人对所谓的读书人，或者说所谓的"儒家"，是不尊重的。一官二吏三僧四道五工六农七匠八娼九儒十丐，读书人仅仅比乞丐好一点。那么，现在的问题就是：在这样的末世气象之下，一个像阳城陈家这样的地方小家族，要安排自己的子弟读书，会怎么做？

这个时候的他们，并不知道哪一方势力会上台，也不知道新势力上台之后会不会清算，更不知道清算会不会落在自己身上。如果没落在自己身上的话，要怎么样生存。读书的内容还是一样的吗？满族人来了，还会考试吗？要怎么考试？

大部分人在第一次爬一座陌生的山的时候，会比熟悉了之后累得多。究其缘由，不是因为熟悉了之后知道在哪里会更省力，就是单纯地因为未知本身就是最大的恐惧。

崇祯年间，谁会知道接下来的世界是怎么样的呢？

所以，他们培养自己的孩子时，更注重培养动手处理、解决实际问题的能力，这也是陈廷敬最有可能的"学习"方式。

独持清德 陈廷敬

综上,我们才能真正明白,为什么日后陈廷敬可以成为一代名相,为什么可以担任清文渊阁大学士兼吏部尚书、康熙的老师、《康熙字典》的总阅官,辅佐康熙朝达半个世纪之久。

清朝设有吏、户、礼、兵、刑、工六部,陈廷敬曾在其中四部担任最高职务——尚书,并在礼部担任左侍郎。清朝汉人不掌兵,陈廷敬在六部中的五部担任过要职,朝中的大小官职几乎做遍了,最后拜相入阁。

究其原因,是因为他的思想主张顺应了时代。而这一切,离不开他的"幼功",离不开他读的书。当然,也离不开他的"练习"。

前面我们引用了陈廷敬的墓志铭的内容,这篇墓志铭的作者是大学士李光地。

李光地(1642—1718),字晋卿,号厚庵,别号榕村,福建泉州府安溪(今福建安溪)人。清代康熙朝大臣,理学名臣。

康熙九年中进士,历任翰林院编修、翰林学士、兵部右侍郎、直隶巡抚,协助平定"三藩之乱","统一台湾"。康熙四十四年,拜文渊阁大学士兼吏部尚书。康熙五十七年,因疝疾速发,卒于任所,享年七十七岁,谥号"文贞"。雍正元年,加赠太子太傅,入祀贤良祠。著有《历像要义》《四书解》《性理精义》《朱子全书》等。

李光地比陈廷敬小四岁,陈廷敬七十五岁去世的时候,李光地七十一岁,这之后又过了七年,李光地也去世了。而在他们都在世的时候，两人的官职级别大体相当。当然，陈廷敬担任的官职多，在数量方面，李光地是赶不上了。介绍这些，是想证明，李光地给陈廷敬写的墓志铭，与真实的情况不会出入太大。

那么，在这里，就出现了一个有意思的话题。

陈廷敬九岁的时候，在学习上出现了令人惊讶的成绩。那年他写了一首题为《咏牡丹》的诗："牡丹春后开，梅花先春坏。要使物皆春，定须春恨释。"意思是要人们散尽春天花开花落的憾恨，使百花盛开，万物皆春。一个九岁的孩子，能写出这样寓意深刻的诗句，"闻者已惊其度量"，他母亲张氏见后惊喜地说："此子欲使万物皆其所也！"欲使所谓"万物皆春"，即是怀有兼济天下的大志。

这是"神童诗"。

古往今来，人一旦有所成就，总免不了要证明"天降神异"，最简单的就是少年早慧了，神童诗也因此应运而生。有意思的是，本书一再提到的薛瑄，也牵涉其中。

　　蛤蟆本是地中生，
　　独卧地上似虎形。
　　春来我不先张嘴，
　　哪个鱼鳖敢吭声。

独持清德 陈廷敬

这首诗还有另外多个版本，比如相传为李世民所作：

> 独坐井边如虎形，
> 柳烟树下养心精。
> 春来唯君先开口，
> 却无鱼鳖敢作声。

与现存这首最接近的是明代张璁版本。

> 独蹲池边似虎形，
> 绿杨树下养精神。
> 春来吾不先开口，
> 那个虫儿敢作声！

这首诗目前最流行的版本是：

> 独坐池塘如虎踞，
> 绿荫树下养精神。
> 春来我不先开口，
> 哪个虫儿敢作声？

对于这首诗的版本争论已久。我们不是相关的学者，也没有意图去考据，就这样听之任之而已。但这正好说明我们的主题：相传某人少小神异，甚至有作品者，实不必太过于看重。

陈廷敬学习成绩优异，学问已经有了相当高的水平，竟然成了塾师王先生辞职的动因。当时，塾师王先生向陈廷敬的父亲辞职说："是儿（指陈廷敬），大异人，非我所能教也。"

看到这里，我们不由得会心一笑，又来！

这些话语发生于私室，经事者不过两人，塾师王先生和陈父陈昌期，外人本无由得知。换言之，这样的话之所以会被我们知道，肯定是来自陈家的宣传。那么，与之前"神童诗"的作用一样，既然是宣传，真实性就无须追问，我们只看宣传的目的最终指向哪里就好。顺治四年，陈廷敬十岁，塾师王先生辞去，故从堂兄陈元及父修习。

清朝是异族政权。此时的满族，核心的族人只有八个旗。旗人人数加起来不超过五十万，算上奴才，入关时的满族人满打满算不超过二百万。这已经是在明末那几年，满族利用朱明的腐败和军事无能大规模扩张后的结果。毕竟关外苦寒，在面积不大、自然环境恶劣的地方，能容纳人口数量的上限很低。

1644年，清军入关，王朝交替。其实无论从原因、力度还是结果来看，清军都是灭亡明朝的主要力量，或者说是主要力量之一。但当清军打败了李自成的军队入关之后，清政权却对天下宣布，它并不是明朝的敌人，正相反，它是来替朱家人报仇的，他们是"自己人"。当然，这个说法在读书人当中，或者

独持清德 陈廷敬

说在明眼的读书人当中是骗不了人的。因为努尔哈赤在掌握政权后第一件事就是宣读"七大恨",告知天下他和他领导的军队是反明的。

但政治不讨论道德,只考虑利益。

当满族的统治者提出这个口号的时候,已经可以判断出,他们开始尝试真正地统治这片庞大的土地了。因为他们开始寻求"名正言顺"。

这一点对我们的主人公很重要,因为它带来了一个很重要的结果:从来没有尝试过进行正常族群治理的战争胜利者,并没有相关的制度建设的经验,必然地,他们会照搬明朝的制度。这就是著名的"清承明制"。

"衣冠唐制度,礼乐汉君臣。"先进的制度并不会因为战争的失败就失去它的合理性,历史上除了元朝之外,所有的异族入主中原后,最终都采用了中原王朝的统治理念和治理模式。这里既有中华文明自身的优越性,也有农耕文明内生的治理需求所要求的治理结构的必然性。

这一年,满族统治者确定了对官员的使用原则和预备役官员的培养方式。"十一月乙酉朔,设满洲司业、助教,官员子孙有欲习国书、汉书者,并入国子监读书。"满族统治者说,之前在明朝做官的那些人,假如你们愿意继续出来为清朝出力,那么原来是什么官,现在可以继续当什么官。如果你的上司没有回来,你来得早的话,你就可以去当。

在李自成还没有攻破北京城的时候，牛金星有一个梦想，那就是"开科取士"，因为这样就可以培养出"自己"的人才。后来他的梦想实现了，在北京短短的四十二天"立朝"时间里，"顺天府儒生纷纷乞考，填拥于市"。

因此，当摄政王多尔衮代顺治皇帝发言"开科"之后，天下乱不乱另说，总有一些"读书人"是定下心来了。

陈廷敬七岁这年，自己曾经的国家被打败了。周围的环境动荡了一会儿，或者说也没有动荡得更厉害。毕竟这附近本来也不消停，现在反而平静了一些。这一年，在崇祯十六年就回家躲避战乱的陈昌言，再次出山去当官。他官复原职，仍为浙江道监察御史。

顺治二年，清朝的军队攻克了南京，清廷设置江南省，辖今江苏、安徽及江北等地，陈昌言旋即被任命为提督江南学政。

这一点，极大地影响了陈廷敬。

因为假如陈廷敬还可以选择自己效忠的对象的话，虽然看似"明朝"并没有给予自己什么好处，而陈昌言可就是正儿八经地"深受皇恩"了，监察御史本身就是皇帝的耳目，算得上是皇帝的心腹。如今山河破碎，江山易主，曾经效忠的对象甚至以身殉国，吊死在煤山。作为心腹手下，就算不能"殉"，就算不愿"乘桴浮于海"，就算做不到"不食周粟"，最起码也要隔一段时间再来为"敌"服务吧？毕竟做官时，父母死了还要回乡守孝三年，称为"丁忧"，更何况是皇帝死了呢？是你为之服务的皇朝死了啊。可陈昌言没有等。

陈昌言在崇祯十七年回到中道庄之后写了一首诗《蛰居》，诗前的小序写道："有屋一间，尽可容膝。甲申避乱其间，因名。"

他的诗是这样的：

> 大厦虽非一木支，苟全乱世欲何为？
> 忧将天问凭谁解，惭对青山转自疑。
> 半榻奇书消寂寞，一杯元酒了愚痴。
> 愁多潦倒无新句，且向残灯改旧诗。

这首诗的前四句写出了自己当时矛盾复杂的思想和心情，后四句写自己以看书、饮酒、写诗来消磨时光，排解愁思。

陈昌言在清朝提督江南学政的任上做了些什么呢？"绝苞苴，杜请托，风教丕振畴昔"，还选拔了一批优秀人才，"士类翕然宗之"，在朝野很有一些声望。他在外做官期间，"俸入之余悉委昌期经纪，不以一毫入私橐"，其弟"昌期亦殚心父事之"。虽然遮遮掩掩，但是陈昌言毕竟还是透露了自己的思考线索：我是个有能力的人，但是天下事如此，我也做不到更多。倘有机会，我不惮于"改旧诗"，因为我不愿因"愁多潦倒"。这里的"旧诗"，是隐喻。

这件事之后，顺治三年，一直在家读书的陈廷敬，就开始声名鹊起，写出了"要使物皆春"的名句。

我们稍微跳出陈廷敬的生活，站在这个小小的圈子外来看，会发现，因为这次改朝换代的动荡并不激烈，加之官员们"原官奉之"，所以这里的政治小气候没有发生大的变化。反而大家还会因为外部的压力，更加地彼此抱团。因为基层官员储备极度缺乏，我们可以推测，那时统治阶层针对官员的监察系统应该是瘫痪了的。在这种情况下，不难想象，当时阳城这一带的宗族气息会浓厚到什么程度。在这个环境中执牛耳者的几个大家族，会对地方的各种资源掌控到什么地步。

陈廷敬十四岁时，"赴试潞安府，以童子第一入州学"。他和父亲陈昌期都参加了这次考试，而陈廷敬的考试成绩却比父亲陈昌期要强。

据《午亭文编》所载："应童子试于潞州，光禄公（陈廷敬的父亲陈昌期）为诸生，父子皆试于学使者。学使者莱芜张公问知余能诗，独不试诗，试五经义，立就。曰：'吾以子冠诸童子'。"

童子试后要在府学修业。按照清朝考试制度的规定，童子试要经过县试、府试和院试。院试由学政主考，正式录取者称生员，亦称秀才，分府学生员、县学生员两类入学学习。陈廷敬在潞安府的考试，是院试，所以考试之后就成了秀才，入府学学习了。

我们看其中提到的莱芜张公这一段。学使者就是学政，与

独持清德 陈廷敬

钦差的性质类似，品级不固定，三品或者从二品的样子。这样一个级别的官员，会在地方上和什么样的学生对话呢？即使在我们现在的教育体制下，领导视察学校时，回答问题的学生也都是品学兼优的班干部。在封建时代，能有这种"机会"的学子，可想而知一定是当地大族的子弟。

在这样的情况下，陈廷敬得到了童子试第一。这可是读书人念兹在兹的"三元六首"之一，是真正可以拿得出手的荣誉，也可以说陈廷敬成名了，他成为泽州这个地方的一张"名片"。

因此才会在同一年与当地另一个大族王氏家族联姻。十二月，娶夫人王氏为妻。王氏为明吏部尚书王国光玄孙女。

陈廷敬到潞安府学读书，没有什么外务，陈家又是豪门大族，于是在府学旁边租了宅子给少爷居住。虽没打算张扬度日，但也不能让少爷被人小视。

陈廷敬读书是有本事的。抛开半炒作得来的"神童"名号不说，他思维敏捷，记忆力好，有良好的思考习惯，还有家中流传下来的读书之法，再加上乱世之中持家所养成的坚韧不拔的意志，简直是天赐的读书苗子。而他本身又确实对世间事存有疑惑。少时薛瑄的书给了他思想的启蒙，因此汲汲营营于书中想要寻找答案，倒是把书读得比别人又深又精。

陈廷敬十五岁，刚刚成了亲。多年来家族的培养使他于日常俗事并不隔膜，也深知与人合作的诀窍，更有了些御下的手段。因此在潞安府的两年里，让他本就是童子试案首而为人所知的声名愈发大了起来，渐渐地真有些名重一方的架势了。

同在府学读书，本府的生员同窗间不免发生些矛盾，他时常出面劝解，也总是奏效。这下子，大家对他更加服膺。负面效果就是，大家总爱往他身边凑，他读书的时间就相对少了。

但话说回来，他读书功夫下得深，又实际操持过家族事务，对世事分析得总是精准，大家向他请教的事情又总是新奇，倒也让他另有一种足不出户而尽知天下事的自得。偶尔讲述一番道理，相当于一次总结和阐述，对他的学问也不无小补，温故不说，还能知新。

顺治十年夏，府学休沐日，大家又聚到陈廷敬宅中。府学的休沐日与官方规定一样，也是十日一休。就像现在的所谓"超级中学"，虽然封闭教学一周，但周末也需要给学生一点休息的时间，最起码让他们有时间回家洗个澡，换换衣服。今天的聚会，大家本来只想着玩乐，不承想有人无意间聊起山西的山川地理，说到太行、吕梁并称，但因潞安府在太行山中，所以在座诸人都熟知太行山，可对吕梁山却有些印象模糊。恰在此时，座中一生员接过了话头。

这位发声的秀才姓于，博闻强识，可考运不好，已经考了四次都没考中。还好，清朝政权初立，官吏缺口太大，举办秋闱比明朝频繁许多，十年已经举办了六次。这才让他有了机会参加考试。于秀才说，他深知本朝开科取士的频率古今罕有，是他们这代读书人的幸事，往后必然不会再有。可他就是不明白,为什么自己总是抓不住这机会,总是与考中差一步。

陈廷敬冷眼旁观,若有所思。

于秀才一家刚从吕梁迁至潞安府,家中小有资产。提到吕梁时,言语中情思绵延,分析现状因由鞭辟入里。在座的同窗也都听得真切,但这恰恰也是于秀才的软肋。

这世间事,往根上寻,原因超不过那两三个。都是读书人,谁还不知道呢?可有些事你就算知道了,也不能说。就算说,也不能跟官府说。就算非要跟官府说,也要等取得了功名,有了对话的资格之后再去张嘴。

可这于秀才一副古道热肠,每每于试卷之上指斥天下,激扬文字,替吕梁的受苦百姓鼓与呼。试想,这阅卷的考官也不过是三品提学,哪里敢放这样的学子出省去考试,所以每次都是落卷不题。

这不,于秀才又犯了老毛病,言语中颇有怨怼之意。陈廷敬觉得他的感悟太过阴微,而且当着大家的面说出来,于人于己都没有好处,万一传出去,还会得罪一省学督。于是他决定等今日人散了之后,私下里提醒这位同窗。以于秀才的火候,一旦想通了这个问题,应该就不愁鱼跃龙门了。当时,陈廷敬并没有阻碍身边朋友上进的想法。所谓的竞争,在他们这个阶段,几乎感受不到。秋闱如此频繁,春闱也不遑多让,加上顺治朝开恩科,迄今十年,会试竟有五次之多。也就是说,在这个时代,读书人要是愿意出来做官,机会是真不缺,并不存在彼此挤占、你上去了我便被淘汰的情况。更何况于秀才的讲述精细幽微，不但有理有据，还引人入胜。

于秀才说："吕梁人不多，但那地方是很苦的。接近雁门关一带有驻军，情况就好些，但是往两边走，便三不管了。山很险，地不好，路难行。吕梁盗匪是很凶的，那里的人，不凶也活不了。前朝还没有国灭时，军队来草原上'打草谷'，就会往山里走。他们倒也不纯粹是为了粮食。他们性情凶蛮，能在山里找到村寨屠了，便是勇士。打仗的时候，有时漫山遍野都是火，人和动物都跑不出去。"

座中有人不懂："打草谷？那不是宋代辽人的故事？"

于秀才皱了皱眉，显然有些不以为然："嗯，边地的形势没变，这事又怎么可能变？打草谷的又不只是辽人，他们过来，我们过去，燕云十六州丢了以后，便是这样了。互相不打大仗，但劫掠边民是惯例。"

"对此我当年是很看不过去的，但没有办法，军队把这儿当成了练兵的好去处。其实，能练出什么兵来？但杀了人，取了人头，那就是军功。杀了人以后，粮食钱财都能抢来，至于女人，更不用说了。"于秀才接着说道。

"哦，是这样。"大家都点点头，能想象个大概。

于秀才说："嗯，那地方荒僻，官家想管也管不了。人是有的，东西不够，朝不保夕，便只能拿了刀抢。两边客商走雁门关，边军是要课以重税的。有关系或熟门熟路的，就改走吕梁，

独持清德 陈廷敬

只要平安通过一次，到手的便是暴利。边军几度清剿，终究没有效果。客商走山里，等于是夺了边军手中的油水。而吕梁那些人，不会给任何人面子，遇上客商，抢了东西，有时把人也杀了。客商家倘若要哭诉，也只说是官兵剿匪不力。"

"到头来，没人喜欢他们。听说有的大商户，会暗中支持边军征剿。剿完后，军队是不可能长期驻扎的，过几天就走了。山里的匪徒少了，他们就更容易从吕梁一带过去。"于秀才说。

"呵呵。"大家听了都是摇头苦笑。许多事就算非常不喜欢，也不至于会表现得义愤填膺。

只有于秀才最后还有些伤心地说道："边关之地，终究不是人住的。那片地方，难得善终……"于秀才还要往下说，被陈廷敬找了个借口打断了。随后又有其他人开启另外的话题，关于吕梁的事情也就停了下来。

后来，在和于秀才私下里谈话时，陈廷敬提醒他："过往之事但说无妨，虽然越关而入者必有我大清兵卒，但毕竟两军交战，分属敌国，做出些出格的事也无可厚非。"

接着，陈廷敬便严肃起来："可于兄举家搬迁是近来之事，国朝定鼎已经十年。这之后的乱象如果一说，于兄难道想要背上一个'心怀怨望，指斥朝廷'的罪名吗？"

于秀才张口结舌，不知该如何回答。陈廷敬又压低声音，给他讲明自己的看法。

"文字是掩饰不了情感的，如果不是真正发自内心地认可新朝，你以这样的心态写出的文章，考场上的阅卷官怎么敢取你？那不是给自己找麻烦吗？所谓官场一荣俱荣。如果你真到会试之时考中了进士，作为取中你的乡试座师，会被正儿八经地介绍为你的老师，以此而分享荣耀和师生之间的利益。可要是出了事呢？一损俱损也是同样的道理。假如在会试时，你突然写了一篇犯忌讳的文章，怪罪下来，无论对谁都是大麻烦。关键是，没必要啊。就算能解决麻烦，难道因此而耗费人情和财物就不可惜吗？为了你平白消耗掉宝贵的资源，岂是成熟的官员会做的事？"

于秀才听到这里，恍然大悟，彻底明白了自己以往的不成熟，对陈廷敬的感激，更是如滔滔江水连绵不绝。最后，陈廷敬要求于秀才不要将此事外传，以免惹祸上身。

于秀才点头喏喏，之后果然文风大变，对陈廷敬亦是感恩戴德，言听计从。

顺治十一年，陈廷敬要去省城太原赶考乡试，这时距离他取得秀才功名过去了三年。

按照一般情况分析，敢于像陈廷敬这样在取得秀才资格后立刻参加乡试的有两种情况：一种是明知道没有希望，但要提前经历一下考场，以吸取教训，总结经验，在接下来的读书生涯中进行有针对性的准备；另一种，就是真正地打好了基础，已经把经典读得滚瓜烂熟，下场一试是决心要用自己的心血与天下英才较量一番。

独持清德 陈廷敬

陈廷敬肯定属于第二种。这一年陈廷敬十七岁，读书已经读到了这样的地步，可以说确实是个读书天才。陈廷敬想利用这次去省城太原赶考的机会，走一走过去没有机会走的路，看一看过去没有看过的世间风景。

他打算先向南走，走到与河南交界之处的风陵渡，也就是黄河边上，然后换乘河船，一路逆流而上，到壶口换船，到碛口再换。没承想这个计划刚说出来就被打乱了。旁人对他说，虽然河上有纤夫，逆流而上原则上是可行的，但按照规矩，逆船不拉人和货物。而在山西省内，假如要沿河行走，肯定是沿着汾河走最合适。

汾河流经山西省内五大盆地，贯穿着山西的文明，沿着汾河行脚，本就是这个时代大多数行旅之人的选择。

陈廷敬点点头表示认同。沿汾河行走，一样能达到他观察世界、体验人生的目的。尽管他知道，汾河边上的世界可能已经是这个世道当中的"天堂"了。毕竟，有这样的歌谣流传："欢欢喜喜汾河畔，凑凑乎乎晋东南。哭哭啼啼吕梁山，死也不过雁门关。"

我们应该相信，在这次没有被历史记载的行走中，陈廷敬是看到了他意料之外的世界的。在此期间，他既没有诗句存世，也没有什么轶事流传。作为一个九岁即有作品，日日精研学问的读书人，这很罕见。出现这种情况，通常是因为内心存有疑惑。对一个自小接受"实用主义"教育，又对世界有了固定看法的年轻读书人来说，应该是某些精神层面的东西撼动了他。这甚至在一定程度上影响了他的读书状态。顺治十一年的这次乡试，他没有考中。

甲申国难之后，有人去做官，有人却不愿意从握着刀的手里接过饭碗。一个打掉伸过来的手的人说出了这样的话："天下兴亡，匹夫有责。"

这里的"天下"是有特指的，为此专门做了解释："有亡国，有亡天下。亡国与亡天下奚辨？曰：'易姓改号，谓之亡国。仁义充塞而至于率兽食人，人将相食，谓之亡天下……是故知保天下，然后知保其国。保国者，其君其臣肉食者谋之；保天下者，匹夫之贱与有责焉耳矣？"（《日知录》）这个人，生活在明末清初，他是当时的大思想家，叫顾炎武。这段话的核心，就是民族之别与抗争之心。

在顺治十四年的乡试中，陈廷敬考取了举人，去京城参加会试。在那里，他会对顾炎武的话有更深的领悟。那一年，他二十岁了。

顺治十五年，二十一岁的陈廷敬赴京赶考。这是想要做官的读书人的必经一关。甚至因为它具有的意义对个人来说太独特，所以有人又称这个过程为"鱼跃龙门"。过了这一关和没过这一关的读书人，看着是同一个名字同一个人，实际上已经成了截然不同的两种"生物"了。所以唐以后的历朝历代，国家的"抢才大典"都是肃穆、端严之极。唯独两个时期例外。蒙

独持清德 陈廷敬

元九十年和清初二十年。

会试前一个月，陈廷敬就来到了北京城。不是他着急，实在是这年月路上不太平，掐着时间走，万一碰到什么意外，可就误了大事。索性赶早不赶晚，家里也不差这点住店钱。况且，提前来到京城，也能探探风色。

果然，京中风物与山西大不相同。毕竟是大明二百多年的首都所在之处，富贵气象不说，因地处河北平原，资源流动方便，可称得上是物华天宝之地。美中不足的是，皇皇天都，城外却有大量流民聚集。回到客栈的陈廷敬四处打听，花了些工夫，终于弄明白了这些流民的来源。原来是"圈地"造成。

顺治元年顺治帝"设指圈之令"，"命给事中御史等官履勘畿内地亩，从公指圈。其有去京较远，不便指圈者，如满城、庆都等二十四州县无主荒地，则以易州等处有主田地酌量给旗，而以满城等处无主地不给就近居民"。所谓"履勘"，事实上既不"履"，也不"勘"，而是"跑马圈地"，马力所至就是"从公指圈"的范围。圈地主要有三种形式：一是将近京肥沃土地圈给满洲贵族，另外，圈山海关以外田地让农民耕种，这叫"圈补"；二是原来圈占地离京太远，或因"碱盐不毛"地，来补还近京被圈农民，叫"全换"；三是凡明王室所遗留皇庄各州县"无主荒田"，一律划归满洲贵族和八旗官兵，叫"圈占"。

可实际上，哪里能够执行得这么严密？

满人起初在关外，土地很贫瘠，生活很艰辛。入关后，发现关内富庶和肥沃到他们不敢想象，于是就通过在一定的时间内能跑多少就圈定多少土地归己的方式，来确定明朝灭亡后遗留下来的大量皇室土地，然后迅速蔓延到强占平民百姓的土地上。

顺治四年和顺治八年，清政府又两次颁布圈地令。根据命令，旗人携绳骑马，大规模地圈量占夺百姓土地。很多农民田地被占，流离失所，饥寒迫身。圈地主要在近京三五百里内的顺天、保定、承德、永平、河间等府（今北京，河北的北、中、东部及辽宁西南部地区）进行，圈占总数达十六万多顷（一说十九万多顷）。驻防外地的八旗在山东、山西、陕西、江苏、宁夏等地也进行过圈地。

平民百姓无法抵挡，失去了生产资料的他们只能变成流民，而且没有归家希望的他们，死亡的速度比正常的流民要快得多。

"近畿土地，皆为八旗勋旧所圈。民无恒产，皆仰赖租种旗地以为生。"以致"流民南窜，有父母夫妻同缢死者；有先投儿女于河而后自投者；有得钱数百，卖其子者；有刮树皮抉草根而食者；至于僵仆路旁，为乌鸢豺狼食者，又不知其几何矣"。

清廷定鼎中原，欺侮压迫汉人，是民族战争不可避免的结果。当然，随着世界的进步、人类意识的发展，我们越来越能够理解、体会"他人"，于是有了底线，有了共同约定，终于使得"人"和"人的尊严"能够被更有效地重视和保护起来。

成系统有计划地对某个族群进行压制甚至灭绝，在我们国

独持清德 陈廷敬

家的历史上也只出现过三次。一次是五胡乱华,一次是元,最后一次就是清。前面说九儒十丐,说的是元朝时对职业的歧视。而人分四等,南人最下,则是对民族的挤压,南人之上是汉人,南宋以及曾经在南宋生活过的人甚至不被认为是汉族人了。终清一朝,满汉两分。清朝对民族的区分,从始至终没有停止。

这其实是绝对不能忽略的对清朝史实进行研究的线索。而在此之上各种因素的叠加,会使得时代的悲剧在个人身上显得更加凝重。

山西虽也进行过圈地运动,但一直生活在晋东南的陈廷敬之前对此毫无所知,猛然让他接受这样一条信息,对于一直自视为"精英"也就是"人上人"的陈廷敬来说,实在是一大冲击。他突然意识到,他想要加入进去的这个系统,似乎并不像他之前所想的那样公平。甚至,隐约地,陈廷敬感受到了一种恶意。一种针对他身体里的血、他的根的恶意。

这样的思考,让陈廷敬的思想陷入了混乱,影响了他的考试。本来颇有意要取前三甲的陈廷敬,最后的成绩却没有那么理想。

四月初五辛未,"赐殿试贡生孙承恩等三百四十三人进士及第出身有差。"(《世祖实录》)

"十五年戊戌,二十一岁,登孙承恩榜二甲进士,授庶吉士。馆试御试辄取第一。"(《午亭山人年谱》)

据《明清历科进士题名碑录》,陈廷敬中三甲进士第一百九十五名,与《午亭山人年谱》所记"二甲进士"有异。

回忆录一般会美化自己,我们认为《进士提名碑录》的说法应该更准确些。一方面因为上面的顺序和人名是一一对应的,可信度更高;另一方面,年谱中的说法来自陈廷敬的晚年自述,难免差错。并且他后来高官厚禄,人前显圣,难免会把自己的成绩往高处说。"三甲"毕竟没那么光鲜。

但三甲也罢,二甲也好,到底是进士。读书人狭义上的读书之路,走到这里就基本走到头了。学成文武艺,货与帝王家,考试成绩就是自己的价钱,皇帝录取你相当于认同这个价格"买"下了你。接下来,就要收拾心情,准备做官了。

独持清德 **陈廷敬**

三、事非经过不知难

泽州是现在的晋城市,地处晋东南。整个晋东南地形是由群山包围起来的一块高原盆地,大致可分为南北两区,北部浊、清漳河流域形成长治盆地,南部丹河与沁河流域形成晋城盆地。这样的地理对农耕文明来说算是宝地。"凑凑乎乎晋东南",虽然这里和江南没有可比性,再怎样说也是平原,耕地稀少,农耕并不发达。但从山西全省的角度来说，晋东南地区除了比不上贯穿山西的母亲河汾河周边之外，已经是一等一的好地方。

太岳余脉，沁水之滨，没有山脉阻隔，向南还连接着河南，因此除了农耕之外，这里有着山西其他地区不具备的商业优势。商业的根本就是资源的流通，交通便利是商业诞生的前提。与大家传统认知当中的"晋商"不同，这里的商业不是以晋中祁太平地区的"票号"为代表的"金融商帮"形式。陈廷敬的祖上就有人经营过小店铺，甚至他的上一辈就有，但从记载中看都没有什么大成就。

阳城还有矿业资源，除了众所周知的煤炭，还有铝矾土、硫铁矿、陶瓷黏土、白云石，这是产生冶炼行业的前提。加之一些其他因素，阳城产生了众多的配套加工场所，以至于这里甚至衍生出"打铁花"这样的独特风俗——设一熔炉化铁汁，十余名表演者轮番用花棒将千余度高温的铁汁击打到棚上，形成十几米高的铁花，铁花又点燃烟花鞭炮，又或者"龙穿花"。危险与否且不说，前提就是要有熔化的铁，这在资源匮乏或者配套乏力的地方绝不可能。明朝在全国十三个重要的产铁地设置了冶铁所，泽州就是其中之一。泽州地下丰富的煤铁资源，直接促生了富甲天下的"泽潞商帮"，财势雄厚，时人称"非数十万不称富"。

这些因素要再叠加上乱世会产生什么呢？

是时十二岁的陈廷敬站在"河山楼"的顶层，看着面前围

独持清德 陈廷敬

困着家园的义军士卒，对这个答案再清晰不过了。这栋楼，从1632年陈廷敬的祖母要求三个儿子开始建造起，就一直保护着他们全家，甚至是全村人的性命。

崇祯四年四月十八，陕西延绥东路副总兵曹文诏攻下了河曲县城。王嘉胤率领起义军南下，五月二十四经岳阳（今安泽）到达屯留、长子，五月二十七从高平、端氏（今沁水）进入阳城。六月初一，王嘉胤率众到达阳城城下，阳城知县杨镇原据城固守。因为曹文诏率官兵追杀，王嘉胤无心恋战，便带领起义军从李邱、长湾等村进入阳城南山。六月初二，王嘉胤饮酒大醉，被他的左丞相王国忠杀害，王国忠带着王嘉胤的首级投降了官军，向曹文诏请功。王嘉胤的右丞相王自用（号紫金梁）便联络"老回回"马守应、闯王高迎祥、八大王张献忠、射塌天李万庆、满天星、破甲锥、独行狼、乱世王、混天王、显道神、混天猴、点灯子、九条龙、不沾泥等三十六家起义军首领举行集会，起义军的首领共推王自用为盟主，组成了时合时分、协同作战的军事联盟。

这一年，"紫金梁"率其部下先后进入阳城县境内十二次。仅十月一个月内就进入郭峪皇城四次，使这个地处太行、中条、太岳三山之交的山村，一时间房毁人亡，血流成河……

二十多万起义军在晋城地区活动之时，陈廷敬的祖父陈经济已去世，祖母范氏尚健在。陈廷敬的父辈兄弟三人是陈氏的第八世，老大陈昌言，是陈廷敬的伯父，生于万历二十六年，到崇祯五年是三十五岁；老二陈昌期，是陈廷敬的父亲，生于万历三十六年，此时二十五岁；老三陈昌齐，是陈廷敬的叔父，生于万历四十三年，这时是十八岁。由于他们所居的中道庄"僻处隅曲，户不满百，离城稍远，无险可恃，无人足守"，面对这种形势，他们兄弟三人急谋自保之法，于是他们也决定修一座坚固的高楼。形势紧急，他们就在崇祯五年的正月动工修建。这里说的"也"字，是因为这并不是陈家的独创，也不是首创。

润城镇屯城村有一个当过明末刑部右侍郎，后落职在家的张慎言，很有一些作战防御经验，就团结族人村民在屯城修起城墙防御工事，还为其取名叫"同阁"，意思是号召全村人同仇敌忾，御敌保家。

高约二十米的同阁，城墙上有堞楼，壮丁可从上往下射杀敌人，下有地洞可躲避敌人炮火，真正起到了防御的作用，并且装备了"佛朗机炮"，这是明代中叶传自海外的后装火炮，射速很快。紫金梁部从抓获的张慎言仆人那里听说到这个消息后，"为之咋指"，于是很快就撤离了。

以此为发端，当时郭峪皇城等一些樊河沿村的富商官宦巨家纷纷开始修建城堡以为自保，《明史》记载"筑堡五十四"，学者董小清、郭一峰、张建军调查后却是"山西晋城沁河古堡群实际包括117处大小堡垒"，远远超过历史记载。

河山楼占地只有三间房大小，长三丈四尺，宽二丈四尺，

独持清德 陈廷敬

共修七层，高十丈余。最下面一层深入地下，掘有水井，备有碾磨，并有暗道与外面相通。三层以上才设窗户，但都有厚实坚硬的木板门可以随时关闭。楼的顶端筑有女墙，可以由家丁把守。居高临下，是一座易守难攻的防御建筑。整个工程共用石料三千块、砖三十万块，"为费颇奢"。工匠的饮食等事都靠陈廷敬的祖母范氏料理，工地的备料经营等事都靠陈昌期奔波，全家上下都在为此事忙碌，"数月无有宁晷"。

修楼的工程还在继续，到了这年七月，楼修到七层，砖工结束了，要开始立木上梁。按风俗，修房盖屋立木上梁时都要选择吉日祭神，他们选择了七月十六为立木之日。可是到七月十五这一天，忽然听说起义军已经来到了附近，这时楼尚未修成，"仅有门户，尚无棚板"，没有盖顶，但事情紧急，消停不得。只好赶快准备石头弓箭，运了粮米、煤炭，其他金银细软等物都来不及收拾。附近的百姓也都赶紧跑来进楼躲避，当时楼中所容纳的大小男女就有八百余人。这天傍晚，他们就紧闭楼门，严阵以待。

次日，就是七月十六，这是择好的吉日，要在寅正时开始祭神立木。但在仓促之间，无法准备祭品，只能焚香拜祝，而后立木。到了辰时，起义军从东北方向来，才开始只有零星几人，只一小会儿工夫就来了万余人，都穿着红衣服，看去遍地赤色。陈昌言在楼上率领壮丁百余人坚守。当时天正下雨，楼上没有顶棚，大家都站立在雨中。楼中有八百多人，全由陈家供给饭食。陈昌期沿垛口到处巡视，陈昌齐管理着楼门的钥匙，防守很严密。起义军虽然人多势众，但那时是冷兵器的时代，只靠大刀长矛，这座高楼显得坚不可摧。起义军不敢近前，又不甘心离开，就把这座高楼团团围困起来。

七月十七，起义军仍不退去。陈昌期说道："贼势众矣，即固守，围久不解，楼中食尽人饥，终不可保。"意思是敌人人多，即使攻打不下我们的堡垒，但只要围困我们，时间一长，没有食水，我们也就守不住了。陈昌言回答道："家去州七十里耳，得州救兵来，楼宜可保。"意思要派人去州里请救兵。陈昌期"自请间道告于州"，他今年二十五岁，正是年轻力壮之时，自动请缨要去突围求救。陈昌言说："此危道，奈何？"大哥觉得这个行动太危险了。陈昌期说："苟得当活楼上下千人，且不使贼惊吾母，为益大矣。若坐毙于此，非计之得也。"二弟的回答是利弊相计，则利大于弊，不仅能救活楼中上下千人，重要的是能够保护母亲。而且，按照目前的状态持续下去确实是死路一条，因此必须冒险。

大家商量后，决定让陈昌期乘夜间出去，到泽州求援。到了夜晚，起义军火把照山，上下如昼。午夜时分，陈昌期就攀缘着绳索下楼，准备到泽州求救。当陈昌期下楼之时，"忽腕力不胜"，没有抓紧绳索，就摔了下去。这时，陈昌言在楼上心胆俱裂，悔恨无极，哭着说："以十丈楼坠地，万无得生之理。"遍问楼中人，谁敢下楼相救。楼中人人畏惧，无人敢应。后来

独持清德 陈廷敬

仆人李忠自告奋勇,曰:"死生命也,救主义也,义在而死,命之正也,忠愿下楼。"陈家立即赏银五两。李忠攀缘着绳索下楼,用竹篓将昌期吊了上来。陈昌期当时昏迷不醒,陈昌言抱头痛哭,又不敢惊动老母亲。他一面指挥御敌,一面照料二弟。次日,陈昌期渐渐苏醒,四肢竟安然无恙,只是脸上微有血痕。这里请大家注意,李忠的行为在那个年代非常值得赞颂,为了主人,不惜冒着生命危险下楼救人,彰显了主仆情谊,侧面也印证了陈家的"乡间声誉"。可话说回来,李忠攀缘下楼,就是一条命,可这条命值多少钱?五两。战时万物腾贵,人命却反而不值钱,可谓乱世人命不如狗啊!

起义军围攻四昼夜,以为楼中无水,难以相持。在此之前,沁水县大兴里的柳氏,修了一座高楼,非常坚固。起义军来攻,攻不破,只好退去,后又听说楼中无水,又去而复返,围守三日,楼中人因饥渴无奈而被攻破。这时,陈昌期命人打起楼中的井水,从楼的四围泼下去。起义军见楼中有水,觉得久困无益,只好在七月二十解围而去。

陈氏的这一座楼一直到十一月才全部竣工,又安置了弓箭、枪、铳、火药、石头。在此期间,起义军曾连续来围攻四次,皆没有攻破,周围村庄的百姓在楼中躲避的前后达到一万余人次。

这就是著名的河山楼之战。之所以叫河山楼,在陈廷敬所撰写的《河山楼记》中写道:楼成之后,陈昌言想为楼取名,想了好久，没有结果。在崇祯六年八月初一夜晚，陈昌言梦见与仙人在楼上相会，他就恳请仙人为其楼题名。这位仙人在向周围环视之后，提笔写了"河山为囿"四个大字。陈昌言向仙人叩问，这个"囿"字是什么意思。仙人说："登斯楼而望河山，不宛宛一苑囿乎？"陈昌言醒来之后，觉得很奇异，次日早起，登楼四望，看到周围的景象，果然不错，山环水绕，就是一个大园林，于是就把这座楼命为河山楼。

可毕竟河山楼的容纳量有限，要想真正做到自保，还需要增大防御设施的范围，增加防御武器。说到这里，不得不提一下沁河古堡群中的另一家代表——窦庄古堡。

窦庄古堡的主人，是崇祯年间的"锦衣卫指挥使"张道濬，他因惹怒东林党人，被赶出朝廷，判"充军雁门"。但因为他能力出众，尤其擅长火器，不但擅长使用，还擅长制造，因此被当时的山西巡抚宋统殷看重，调到身边，负责剿匪。

崇祯五年九月，起义军攻泽州，城陷，朝野为之震动。明廷调集重兵在山西加紧围剿，总兵左良玉奉命援河南，复驻泽州，扼守晋豫咽喉。崇祯五年十月，起义军北进。十一月，起义军老回回经沁水樊山到阳城，阳城知县杨镇原闭城严守。崇祯六年正月，起义军转战阳城，明参将芮琦等战死。七月，起义军攻破沁水城，杀沁水知县焦鳌。

当张道濬得知战况，就向宋统殷请战回家乡御寇，得到同意后带领不到一千人出发，但此时地方战势已经接近糜烂，正

独持清德 陈廷敬

面抵抗几乎不可能,所以他先回了家,回家后第一件事就是完善自家的防御堡垒。

窦庄堡呈正方形布局,墙壁高约10米,厚1.67米,周长近2000米。墙壁下部有条石,上部是夯土,外用包砖,极其坚固。这座城堡一反常态设有8座城门,每座城门都被设置成为独立的防御中心,高17至23米,设置瞭望口与炮台,甚至配有瓮城。其中在各个城角的平台上,安置了多达12门的重炮,这还不算在射击孔处设置的前文所说的"佛朗机炮"。

这样坚固的堡垒让农民军不知所措,强行进攻了一天就牺牲多达千人,却连城墙都没有摸到。让人瞠目结舌的一幕出现了,久攻不下的"紫金梁"王自用竟然主动向张道濬请降了,表示愿意归顺朝廷,这一次的大规模"兵灾"在正面战场上终于完结。

起义军的势力不断壮大,陈氏家族的陈昌言"日夜图维,思保障于万全"。虽然河山楼坚不可摧,足以独当一面,楼之内可容人千口之多,但粮食、包裹不能多藏,牛马等牲畜也无处躲避,想到修一座楼已经很有成效,如果能修一座城堡肯定会更加安全可靠。况且中道庄本来就不很大,所居住的又都是陈氏同宗之人,如果能共同修筑一个城堡自守,应该不是难事。于是他就把族人集中起来,申说他的想法,晓以同舟共济的道理,"期共筑一堡以图永利"。

但是陈氏族人各藏私心,人多嘴杂,众说纷纭,无法形成统一意见。尤其此时窦庄古堡的事情已经传播开,乡人们觉得最大的灾难已经过去,危险不再迫在眉睫,自保之心淡去,自利之心却强起来。陈昌言也无法相强,只好打算把自己这一家所居住的地方围起来修一座城堡。可是他的居处所相邻的地基都是同宗族人的产业,"数传以来,若不肯相成",他只好恳请亲友帮助说合,破费了很多钱财,再以自己的产业相兑换,这样才勉强将相邻的房产地基谈妥。

崇祯六年七月二十一,陈氏动工筑堡,整整修了八个月,到次年的二月才竣工。这座城堡周围大约有百丈,高二丈,垛口二百,开西、北两门,门均用铁皮包裹,门上修有城楼。铁门之外,设有粗大的木栅栏。一切闲人往来,都只能在栅栏外,不得擅自入内。南面虽设有门,而实填不开,以便后日修房屋运送木料。城堡东面的山最高,若敌人居高临下,不利于防守,所以在东城墙上覆以橡瓦,使敌人的石头、箭不能从上空坠落,守卫的垛夫可以不受到威胁。城堡的东北角上,筑春秋阁,祀奉关圣帝君;东南角上,筑文昌阁,祀奉文昌帝君。关圣、文昌二神,一文一武,以保佑庇护。这项工程共花费白银一千余两。城堡修成之后,陈氏又训练了守城的家丁,添置了武器,备了火药,贮积了粮食煤炭,万事俱备,没有更多的担忧了。陈昌言把这座城堡取名叫作"斗筑居",并在城门上题了四个字"斗筑可居"。

顺治五年,清朝内部出现明朝降将大反正的局面,原明朝

独持清德 陈廷敬

总兵姜瓖反正于山西大同。大同举义后，山西各地闻风响应。阳城人张斗光本来于麻娄山"据险筑寨"，聚众抗清，姜瓖反正后即率军攻打泽州。潞安（长治）义军统帅胡国鼎命陈杜、乔炳、许守信前来支援，声势十分浩大。张斗光攻下泽州城，以泽州为根据地，接着进军陵川，围攻陵川县城。清廷陵川知县李向禹见城不保，又无退路，知道难免一死。其妻王氏无奈，便与二女在后堂自缢。李向禹拼死抵抗，城破被杀。张斗光又出兵攻沁水县城，沁水知县刘昌抵敌不住，便暗中安排妻儿子女带着金银细软出城，潜回老家。自己声称到河东去求救兵来守城，实际他出城后便仓皇逃窜，沁水城破。晋东南的潞安府、泽州、沁州全部易帜，为义军所占领。

请读者们注意这一年。我们前面提到的那次山河楼保卫战发生在崇祯四年，虽然已经山河鼎沸，但毕竟还没有到末路，地方制度接近崩溃，但正统还在，陈家遇到的，是"土匪"，或者说"乱军"。而顺治五年发生的这一次"混乱"，既不是两国交兵，也不是官匪对抗：虽然明朝崇祯帝自缢后所谓的王朝在后世认为已经终止，但在这个年代人们还是普遍性地认知"永历"与"清"之间是国与国之间的关系。姜瓖本人因为先为明将，后为清将，之后再次反正，号称"重为明臣，誓逐鞑虏"，所以被双方各自定义为"官军"，勉强类比，很像是后世的"军阀"。"天子者，兵强马壮者为之"的说法在这位曾经掌控着大同这天下九边重中之重的军镇的领兵者的心中时时回响，所谓

"明朝正朔",所谓"华夷之辨",或者只是一个说法,一个旗帜。

但张斗光与姜瓖稍有不同,他本人并不是明朝朝廷的官员,让人意外的是,他还曾经中过举,后来他遭受了当地官员的陷害,没有取得更高的功名。当神州陆沉之时,姜瓖等山西地方大员几乎是望风而逃,传檄而定,之后摇身一变,仍然是原来的官职,真可谓城头变幻大王旗。而身为民间一员的张斗光却决定举起反旗,推翻清廷。因为曾经陷害他的官员竟然还继续在原来的位置上,所以,张斗光"造反"的第一件事就是"杀官"——那位当年陷害他的官员,最终付出了生命的代价。

正因为张斗光本人淋过雨,所以知道为别人撑伞的重要性,随着姜瓖反正,他也迅速扩大了自己队伍的规模,从山中杀出后,并没有像一般的起义队伍那样痴迷于占地盘、拉队伍和抢粮抢钱,而是在泽州各县设置官吏,建立政权,清查冤案,建立赋税制度,一副深耕细作、扎根下去的架势。也正因为他本人未受前朝腐败官吏的所谓"习惯"的影响,所以即使这一套新体制效率不高,立意不远,但相比之前,百姓们仍然觉得身上一轻,眼前一亮。所以张斗光深受百姓拥护,青壮年纷纷参加他的抗清队伍。

在这次抗清斗争中,山西好多前明官员和地方绅士都纷纷起兵抗清,身边有人劝张斗光索性把"事业"做大。最近二十

独持清德 陈廷敬

多年名传天下的"闯王""满天星"的事迹，早就让一些人知道有了军队应该如何去做，张斗光想得到地方绅士的投效，以便获得稳定的财政支持。毕竟，某种程度上，获得了地方士绅，就是获得了地方民心，也就是获得了地方实力。其中中道庄的陈昌期是当时晋城一带最有名望的乡绅，张斗光便决定请陈昌期共谋抗清大事。

于是张斗光写了一封措辞恳切的书信，派员带着厚礼去见陈昌期，请陈昌期前来共事。张斗光的使者来到陈昌期家，送上金帛礼品，说明来意。在信中张斗光解释了目前的局面。

此时陈昌期看着手中的书信，沉默不语。他生命中的大部分时间都处在王朝末期，尤其是王朝崩溃前后的那十年，天地间无一处净土，即使中道庄是在小山窝中，但时代的巨浪仍然不时地推动着小股的武装力量出现在他和他的家族面前。作为地方大族，他们这样的人在遇到这样的武装力量时差不多都是固定的流程，无论对方力量大小，肯定不会一上来就恶言相向，毕竟老话说得好，光脚的不怕穿鞋的，他们都是"瓷器"，何苦要和他们硬碰？所以都是说点好话，送点银子。当然话说回来，也要展示一下实力。这些武装势力大部分都没什么见识，一朝掌握了权力，难免会有些膨胀，认不清彼此位置，有些就会狮子大开口，自以为是狮虎而把这些地方大族看成是嘴边之肉。展示"肌肉"也是为了避免产生冲突，到时候即使能够胜利，毕竟也是伤敌一千自损八百的事情，就算自损只有一百，那也是没有必要的损失。

陈昌期把信递给坐在一边的陈廷敬,转头看看使者。来人年纪不大,也不鲁莽,不像是流窜各地的土匪,进了大厅不畏畏缩缩,也没有目露贪婪之色,说起来也不愧是张斗光的部下,看样子这个张斗光在信中所说已经与南边的朝廷联系上了,或许不是无稽之谈。而使者看到陈昌期有说话的意思,也是目露期盼之情。

最终,使者听到了陈昌期的回答:"贵使请回报张将军,陈家敢不从命。"

送使者离开后,陈昌期带着陈廷敬回到后宅,陈廷敬的大伯陈昌言正在等着他们。

崇祯十七年三月十九,大顺军攻克北京,明朝崇祯皇帝朱由检自缢身死,标志着明朝的覆亡。四月二十二,吴三桂引清兵入关,由于兵力悬殊,大顺军大败。大顺军于四月三十退出北京,随后率军经山西进入陕西。就在李自成退出北京之时,明朝的大批官员也乘此机会逃出京城,估计陈昌言就是在此时逃回阳城县中道庄的。

说起来,此时屋中的三人对这件事其实是三种不同的态度。此时的陈廷敬血气方刚,读书正是刚入了味的时候,逢此乱世,又是事涉华夷大防、正朔伪朝之辨的大事,过往先贤往圣的话语不停地冲击着他的心房,因此今日一看来信,他的立场就站在张斗光一旁了,心中是一千个一万个愿意。陈昌期因其兄昌

独持清德 陈廷敬

言在外做官，他便在籍治家，奉养老母范氏。事物繁多是一方面，个人天赋也不算特别高，所以他的眼光就一直局限在眼前这小小的泽州之中。在他看来，城头变幻大王旗，却总缺不了他们这样的乡绅，因此只要不破家，这个世道变来变去，他们总也能生存下去。换句话说，谁当上皇帝其实对他们来说没有什么差别的，就好像《三国志》中鲁肃对孙权说的那样："今肃可迎操耳，如将军，不可也。何以言之？今肃迎操，操当以肃还付乡党。品其名位，犹不失下曹从事，乘犊车、从吏卒、交游士林、累官故不失州郡也。将军迎操，欲安所归？"反正他们的利益不会受损，礼送出境而已。陈昌言对这件事的态度却与他们完全不同。首先这是立场问题，而决定立场的，不应该是情绪或者冲动，应该是客观的利益判断。侄儿的态度太幼稚，弟弟的态度又太无知，某种程度上，这两种态度的危险程度是一样的。因为他十分确定，目前这场波及全省，甚至隐隐有波及全国趋势的"反正"大潮，一定不会成功，甚至马上就要失败了。因为他们没有见过清廷的军事力量是何等的强大。

陈昌期兄弟三人，老三昌齐此时已经不在世，大哥昌言甚至没有赶上给自己最小的弟弟送行。那是崇祯十一年的腊月，正赶上清兵内犯，道路阻隔，他无法返家。他说："计闻讣日，亡弟已盖棺五旬余，因奴酋内犯，道里为梗耳。"（《明泽庠生陈大虞配杨氏合葬墓志铭》）所谓的清兵内犯，指的是"明崇祯十一年清军入关，前后破畿辅州县四十三，山东州县十八，掳掠人口四十六万余人,直到次年三月才出青山口而去"。那一年,昌言因为政绩较好,经过考绩,被调到京城里任御史,之后巡按山东,正好赶上清兵入关。

所以,三人中昌言的态度最坚定,不能选择义军,也不能绥靖骑墙,因为清军的力量最大,必然是最后的胜利者,此时态度的不正确、立场的不坚定,在将来都必然会给陈家带来伤害。

昌期与兄长的关系好,并且一直信任兄长的判断,因此立刻起身出门,安排手下人去追回刚刚的使者。可陈廷敬还是个年轻人,此时看着行为与圣贤教导完全相反的伯父,只觉得曾经的偶像光环暗淡,甚至破碎了。

昌言看着眼前的侄儿,知道他心中所想,却没有做什么解释,只是跟他说,有什么疑惑,去问问兄长陈元。

廷敬去找陈元且不提,张斗光的使者被陈家仆人追上迎回后满头雾水,甚至心中隐隐有所猜测:莫不是陈家要让自己带些礼物回去?却没想到再次见到陈昌期时竟然连斗筑居的大门都进不去了。当着大家的面,陈昌期撕碎了张斗光的书信,把刚刚收下的礼物都抬了出来扔在门口,怒骂曰:"贼奴死在旦夕耳,敢胁我耶!"(《鱼山府君行状》)

张斗光的使者无奈,只好回泽州复命。

张斗光得知陈昌期不愿合作,便率军数千人于薄暮时分来到中道庄,将城堡团团围住,云梯、大炮、火器诸物,无不具

独持清德　陈廷敬

备。

陈昌期立即集中家丁，指挥家丁迅速收拾武器，准备守城，并且和他们说："受恩本朝，为臣子，誓不陷身于贼。贼反覆倡乱，此特贷命漏刻耳！吾已度外置妻子，若汝曹不协力坚守，一旦为贼所污，异时王师至，无噍类矣。"陈昌期的妻子张氏哭着告昌期说："吾必不辱君，堡破请先死，君其勉之！"当时张氏刚生第三女，犹在产褥中，她说："此非安寝之时！"（《母淑人行状》）于是立刻起床准备粮食饭菜，辅佐陈昌期守城，终夜未尝解衣休息。

陈廷敬随父陈昌期登城瞭望，此时他的内心十分复杂。堂兄陈元读书比他成绩还要好，又比他年长，已经从社会角度、家族角度给他分析了这次陈家做出选择的原因。陈廷敬觉得不能说大伯昌言的选择做错了，但又确实觉得这次家族的选择不那么光彩。张斗光先礼后兵，又写一封书信，言辞更为诚恳，晓以抗清复明之大义，以箭系书，射于城上。陈昌期接到张斗光射上来的书信，陈廷敬伸手想看看，却没想到陈昌期目不正视，撕成碎片，说："以身死忠，永无二念。"张斗光看到中道庄城堡坚固，预料难以攻下，便向陈昌期索取金银财帛，以充军饷。陈昌期说："为大清守一块土，金帛以劳守者，何贿贼为？"张斗光见陈昌期态度坚决，再无回旋的余地，便下令攻城，攻势异常猛烈。陈昌期以重金赏赐守城壮丁，顽强抵抗，炮火矢石齐发。张斗光攻城数日，城即将破。陈昌期见情势危急，异常恐慌，左思右想，无计可施。正在此万分危急之时，张斗光军忽然放开一角而去，然后全军尽皆撤离。

原来在这前后，征西大将军和硕亲王满达海军攻克朔州、马邑等处，明宁武总兵刘伟等投降。定西大将军端重亲王博洛军攻克孝义、平遥、辽州、榆社等处。陕西总督孟乔芳和户部侍郎额色带领满汉兵渡过黄河攻克蒲州、临晋、河津、解州、猗氏等处，义军首领白璋在荣河阵亡。九月二十二，陕西清军攻克运城，明义军元帅韩昭宣阵亡，战死官兵一万余人，"尸满街衢"；另一位首领虞胤乘乱逃出。同月，博洛、满达海二亲王会兵合攻汾州。十三夜间，用红衣大炮猛轰北关，第二天从城墙坍塌处冲入城内，义军所设巡抚姜建勋、布政使刘炳然突围出城后被清军擒杀。由于清军攻破汾州后把城中百姓屠戮一空，岚县、永宁州（今离石县）绅士惟恐同归于尽，把义军委派的知县、知州绑赴军前，开城投降。十月初四，满达海军用红衣大炮攻破太谷县；初十占领沁州，接着又攻克潞安（今长治市）。驻守泽州的陈杜得到消息，忙派人告知张斗光。张斗光闻讯，急率军回救泽州。

十一月，清将博洛率领镇国公韩岱、固山额真石廷柱、左梦庚等部在泽州击败反清义师，义军部院陈杜、监军道何守忠、守将张斗光等被擒杀。

值得一提的是，在这次扑杀反清起义的过程中，清军除了破城之后屠城，也在追剿义军的路上顺便攻破了几家堡寨，不

独持清德 陈廷敬

少曾经在沁河流域也称得上"家族"的势力就此湮灭。得到消息后的陈元对陈廷敬说:"被剿灭的人中有几家是在接到张斗光的书信后表示支持的,还有几家,也是像之前那样,表示了口头赞同的。敬弟,当此乱世,不得不慎哪!"

历来治史者谈及南明,大抵着眼于南方,对姜瓖、王永强等人的反清复明运动注意不够,很可能是受南明史籍影响过深。永历朝廷虽然在口头上以复明自任,但情报不明,从来没有一个高瞻远瞩的战略计划。在南明方面的史籍里除了看到几条姜瓖的记载以外,对山西、陕西各地风起云涌的大范围大规模反清运动显得非常隔膜,对清廷的精兵猛将全部调往山西,其他地方兵力单薄的窘境更是一无所知。永历朝廷在全国反清复明运动处于高潮的时候,只知道江西、湖广战局逆转,金声桓、王得仁、李成栋、何腾蛟遇难,陷于张皇失措之中。

永历君臣完全不了解谭泰、何洛会在稳定江西局势后不敢深入广东而撤兵北返,济尔哈朗、勒克德浑出兵湖南原定目标是追剿李锦等为首的忠贞营,由于明督师阁部何腾蛟为争功而瞎指挥,糊里糊涂地被清军擒杀,济尔哈朗等趁势暂时稳定了湖南局势,顾不上原定目标就匆忙回京的原因。两路清军的北撤很明显是清廷为了加强京畿根本之地,永历朝廷沉浸于金、王、李、何覆亡的悲痛之中,庆幸清军未乘胜直下广东、广西,不知道这时正是清廷最吃紧的时刻。在将近一年时间里,朱由榔、瞿式耜、杜永和、陈邦傅等人又过起太平生活,局促于两广之地钩心斗角。直到清廷派孔有德、尚可喜、耿仲明率军南下，才如梦初醒。

姜瓖、刘迁、王永强、虞胤等人的抗清斗争一方面证明清朝在北方的统治远未稳固，另一方面又证明满洲八旗兵的作战能力相当有限。江西、广东反正后永历朝廷及时封爵拜官，而山西、陕西的各支义军首领大抵是遥奉明廷，自称大将军、大学士、巡抚、总兵，永历朝廷似乎只知道姜瓖在大同反清，其他就不甚了了。山河阻隔固然是原因之一，但后来孙可望、李定国、鲁监国、郑成功等经常派密使深入清统治区联络各地潜伏的义士，相形之下永历朝廷的目光短浅实在令人惊异。

陈元没注意到，陈廷敬此时的目光，既没有恐惧，也没有后怕，他的心中，只是重复地响起张养浩的那曲《山坡羊》："兴，百姓苦；亡，百姓苦。"

独持清德 陈廷敬

四、唯有丹心老不迷

在距今约两千七百年的时候,世界突然进入了智慧大爆炸的时期。在地中海之滨,希腊文明崛地而起,从苏格拉底,经柏拉图,到亚里士多德,名师才高八斗,高徒学富五车。从米利都派的诞生到犬儒派的衰落,唯物唯心,无神有神,摩肩接踵,兴亡交替。几乎创设了当代政治学研究的一切形式:僭主制、寡头制、贵族制、共和制、民主制、君主制等等。

尤为关键的是，他们提出了一种制度构想：每个公民都有选举和被选举权，官位轮流充任，一年一选，且大多任期一届，极少连任。这里不采用代表制，不存在使命制，更容不得世袭制，一切都依公民的意志为转移。

这是民主的雏形，在历史的发展中，它演化为一种精神。也正是这种精神，构成了我们现今世界的主流文明内核。其影响力巨大如斯！

在神秘的恒河之畔，巨大的佛陀睡卧在人们内心的山巅。他的代表人物，是号称一出生就前后左右各走了七步，立下"天上地下唯我独尊"大宏愿的释迦牟尼（悉达多·乔达摩），他提倡的"不争""轮回"以及"因缘""平等"等观点，虽然在印度本土被印度教击败而近乎绝灭，但却通过中华文化而深深地嵌入了整个东亚文明当中，构成了某种深藏于血脉中的文明基因。

我们的文明也在这个时期产生了大爆发态势：诸子百家，百家争鸣，真正让我们从历史上不计其数的文明体当中脱颖而出。

其时正处春秋战国，诸子百家彼此诘难，相互争鸣，盛况空前。据《汉书·艺文志》记载，数得上名字的派别一共有189家，4324篇著作。其后的《隋书·经籍志》《四库全书总目》等书则记载"诸子百家"实有上千家。

独持清德 陈廷敬

当然,并不是所有的学说都能成功,流传较广、影响较大、较为著名的不过十二家而已。也就是说,只有十二家被发展成学派。而影响最大的也只有三家,即以孔子、老子、墨子为代表的三大哲学体系。

我们之所以认为这是一次文明大爆炸,是因为哲学深刻地影响着每个人、每个国家、每个政体。换言之,它既是一种宏观的理念,可以供人探讨,也是一种微观的规则,可以让人执行。在我们这个孤独的星球之上,在诞生了人类的前后约四万年的时光中,假如有某种东西是真正让我们区分于其他生物的,应该是人类可以思考。而这种思考的最巅峰的成果,就是哲学。

汉武帝时,"罢黜百家,独尊儒术"来了,于是以孔子、孟子为代表的儒家思想成为思想正统,统治中国思想、文化并一直持续到封建时代的终结。也就是说,在那次文明爆发之后的整整两千年,我们这片土地上的核心理念其实没有发生过什么质的变化。当然这也很好理解,因为我们的世界没有发生质的变化,所以看待世界的方式就难以产生巨大改变。

所以,随着时间流逝,我们不无沮丧地看到,整个世界似乎慢慢地在进步,我们的物质生产能力也在逐步增强(清朝末年的中国人口是三国时期人口数的近十三倍,粮食生产能力是隋末时期的近二十七倍,领土面积是秦朝时期的近十一倍),可我们的精神世界却在逐步枯萎。从西周共和元年的"国人暴动",渐渐有了"普天之下,莫非王土"的概念,然后有了"天子"，有了"君臣父子"，有了礼教纲常。到了宋，开始出现"程朱理学"；到了明，有了"阳明心学"；到了清，就连心学这样的空间也消失了，只剩下一些残山剩水、考据训诂之学了。

就好像我们的物质越是发达，我们的精神就越是被桎梏。

大概在一百年前，一种诞生于康德和黑格尔的哲学体系对此曾有过解读。他们认为，这是基于"统治阶级"的需要而产生的必然现象。假如从阶级的角度出发来看待这样的历史，原因会变得很清晰：统治者需要一种能够让被统治者接受并进而身体力行的思想，这样的思想可以使生产力和统治结构达到某种平衡，让整个社会可以平稳运行。

马克思的哲学体系确实从"阶级论"和"相对论"的角度为分析历史提供了有力工具，是天才般的思想闪现。也正是这样的观察角度，让我们明白，指望在这个时期和这个系统内部的生活者跳出框架产生另外的思想，在实际上是不可能的。尤其是个人，在整个历史洪流中如此微不足道，他终将，也必然只能产生疑问，但无法解决疑问。

陈廷敬也不例外。

在职场四年之后，二十五岁（康熙元年）时，陈廷敬"以病请假回籍"，至二十八岁"康熙四年，补原官"。这是关于陈廷敬研究当中不应被忽视却总是被忽视的一个节点。关于返乡的原因，他自己说是"以病请假归里"。而另有记载说："泽州陈文贞公性至孝，始登籍，闻太夫人病，即归省。"即说他是因母亲有病而回家。但，自病也好，母病也罢，史料上均无详情可查，其真正原因很难确定。

不过据情分析，陈廷敬从顺治十五年赴京参加会试，加之庶吉士三年的学习，到康熙元年，前后已有五个年头。在这漫长的岁月里，离乡背井、只身在外的陈廷敬，思乡、思亲的情绪肯定会有的，想回家去看看乃是人之常情。所以无论是自己的身体有所不适，还是可能母亲有些病恙，都能成为他请假的借口。但也不能排除是清朝政局的原因。

因为就在这前一年即顺治十八年，清朝"四大疑案"的"顺治出家"也发生了。

其内容是，顺治宠爱贵妃董氏，感情甚笃，后来董氏香消玉殒，顺治帝追思不能自已，于是决定放弃江山，甘与青灯古佛为伴，以谢美人情深。这个疑案流传甚广，有更详细的细节称"董妃"就是曾经的名妓"董小宛"的，有称顺治出家后落脚于五台山的，有称他拜师玉林和尚的，还有的言之凿凿说曾经在五台山见过皇帝和尚的等等，不一而足。

《清史稿》记载：

> 顺治十八年正月初二日，顺治帝患痘，病危。召原任大学士麻勒吉、学士王熙起草遗诏。初七日，逝于养心殿。
>
> 遗诏立第三子玄烨为太子，特命内大臣索尼、苏克萨哈、遏必隆、鳌拜四大臣辅政，辅佐年仅八岁的幼斋。

> 初八日，遣官颁行遗诏于全国。
>
> 初九日，玄烨即皇帝位。

也就是说之前那些信息都不是真的，和历史上对明武宗正德皇帝的记录类似，是对皇帝形象的抹黑，当时的书生，想要抒发的无非是某种愤怒和痛恨。类似最成功的就是吕不韦是秦始皇的亲爹这个说法，千载之后仍有大量的后人津津乐道并深信不疑。

出现这样大规模的对皇帝污蔑的事件，必然是因为一些政策触动了某些阶层的利益。假如是汉人书生说这些话，那么是因为民族之别，以及明显的因为被压制而导致的反弹，可以理解；可大量的满人也在诉说这样的"传奇"就不好解释了。

这一年，陈廷敬二十五岁；这一年，陈廷敬已经完成了在翰林院的学习；这一年，他当了会试同考官；这一年，他已经有了正经的官职——内秘书院检讨。

也是在这一年的年末和第二年康熙元年初，他请病假回乡了。顺治的遗诏实为罪己诏，他共给自己罗列了十四条罪过，主要是未能遵守祖制，渐染汉俗；重用汉官，致使满臣无心任事。只看这遗诏内容，我们可以明白两件事：皇帝真死了，遗诏是假的。

顺治十分钦佩朱元璋诛戮大臣以重法治世的经验，对首先迎降的恭顺侯、漕运总督吴维华，因为贪一万两，"革职，永不叙用，赃迫入官"。下令"今后贪官赃至十两者，免其籍没，责四十板流徙西北地方"，"衙役犯赃一两以上者流徙"，这些都是来自朱元璋。说他欣赏汉家制度，不是因为他对某些皇帝或某些政策的喜好，这只是表面因素，是说出来好听的。根本性的原因是因为明朝的制度是"皇权集中制"，而刚入关的清廷正在行使的还是"议政制"。顺治作为皇帝，他会倾向哪边，这还用问吗？以此出发，可以看出所谓的遗诏"罪己"绝不可能是真。

而这样一份不可能是真的遗诏却可以堂而皇之地出现，并进而昭告天下，也只有皇帝死了才有可能发生，其原因也是不言自明的。它的背后，正是满汉之争，也是制度之争，最根本的，还是权力之争。

总之，八岁的爱新觉罗·玄烨登基上位。

陈廷敬也参加了登基大典。在那里，他看到的不只是皇帝威严，他还看到了权臣跋扈。

灵堂设在养心殿。一床陀罗经被，黄缎面上用金线织满了梵字经文，铺盖在皇帝的梓宫——金匮之中。安息香插在灵柩前的一尊鎏金宣德炉内。一道懿旨传下，文武百官都摘掉了披拂在大帽子上的红缨子。礼部堂官早拟了新皇御极的各项礼仪程序：先成服，再颁遗诏，举行登基大礼。

巳时初刻，大行皇帝开始小殓。上了殿阶，索尼上前撩袍跪下，三大臣也都长跪在地。索尼高声道："请皇太子入殿成礼！"说完一回头，见鳌拜趋跪之间，竟与自己并列在前等候玄烨入殿,遂回头低声而严肃地说:"请鳌公自爱!"鳌拜一向对索尼畏忌。只好收敛一点,憋着气跪退了半步。

玄烨踏进殿内,西暖阁中素幔白帏,香烟缭绕,十分庄重肃穆。中间的牌位上金字闪亮,上书"世祖体天隆运定统建极英睿钦文显武大德弘功至仁纯孝章皇帝之位"。按照索尼预先吩咐的,玄烨朝上行了三跪九叩首的大礼。早有内侍捧过一樽御酒,玄烨双手擎起朝天一捧,轻酹灵前,礼成起身。在场的太监、王公、贝勒举哀,呼天抢地,齐声号啕。这就算"奉安"了。

从此刻起,皇太子便算送别了"大行皇帝",在其灵柩前即位了。

玄烨登基,辅臣专权,他们便开始了一系列的"率祖制,复旧章"和打击汉族官吏、排挤汉族文化的活动。当然,我们看到的排挤汉族文化也好,打击汉族官吏也罢,核心还是"率祖制,复旧章"。他们要名正言顺地掌控"最高权力"。

首先进行的,是再次"圈地"。

康熙五年正月,鳌拜执意更换旗地。苏克萨哈力阻,大学士、户部尚书苏纳海,直隶、山东、河南三省总督朱昌祚,巡抚王登联上疏力谏。鳌拜恼羞成怒,利用职权将苏纳海、朱昌祚、王登联下狱议罪。康熙特召辅臣询问。鳌拜请将苏纳海等置重典,索尼、遏必隆不能争,独苏克萨哈缄默不语。康熙故不允其请。而鳌拜却矫诏,将三人诛杀弃市。

独持清德 陈廷敬

以上种种，假如从"皇帝"的身份出发，当然会得出鳌拜是"权臣"的结论，但假如从"议政"的角度出发，就可以看出此时的鳌拜认为自己正在行使当然的权力，所以，他发出的命令就是"诏书"，不是"矫诏"。

有很多现代的研究者把这个时期的鳌拜塑造成专权者，其实是不妥的。他是残暴的，粗鲁的，甚至是看不起小皇帝的，但他不是一个专权者，因为在当时，权力的运作和后期制度成熟后的运作是不一样的。

世人总以为当时的斗争，和之前历代的少主强臣一般，无非是争夺权力的又一场戏码。那实在小看了鳌拜。以当时鳌拜之煊赫、之地位（开国五大臣费英东之侄，灭明之战的方面军指挥官——破墙后东路军将军，可称灭国之功，称号满洲第一巴图鲁，爵封一等超武公），身边一定有人会提醒、筹谋。我的意思是，传说满洲人都爱听"三国"，更号称学着《三国演义》中的"蒋干盗书"使反间计骗得崇祯杀了袁崇焕，那么鳌拜又怎么可能不知道何进赤手空拳进皇官，被太监持剑诛杀的故事？这可是《三国演义》第一篇，开启了三国时间线的大事件。鳌拜没理由不知道，他身边的人也没理由不提醒他，可他还是让小孩子（康熙八岁践祚，时年十七）带着一帮类似于学杂耍的小孩儿，就把自己这在百万军中杀进杀出的疆场猛士拿下。更神奇的是，他被拿下之后，竟然一直被关着直到死在牢中。

就算鳌拜已经富贵日久，失去了勇士的尊严（"巴图鲁"

就是满语中勇士的意思），不能自我了断，可长久以来被欺压，对他恨之入骨，以至于做出了英明圣主才能做出的"清除国贼"举动的爱新觉罗·玄烨，为什么在拿下鳌拜之后没有立刻将之诛杀赐死，反而将这个仇人养了起来？这就很难解释了！

从这一点来看，所谓康熙除鳌拜，实际上是当时的两个集团，甚至是两种思想之间的争斗。

集团，自然一边是皇帝，一边是大臣。回首历史，这样的事情已经发生了很多次。汉初刘邦不喜自己当了皇帝之后还被当年一起起家的兄弟战友们平等对待，于是有了叔孙通治礼。朝堂肃然之后，刘邦感叹道："吾乃今日知为皇帝之贵也。"宋初赵匡胤也一样。他在立朝之后，觉得臣下与自己一样都坐着椅子就心里不舒服。于是赵匡胤登基第二天，在宰相范质奏事时，赵匡胤一边让他上前把文稿递过来，一边让太监把范质的椅子搬走。当范质再回到原位时，发现椅子没了，只能站着。其余的大臣一看宰相都没坐的地方了，于是自己也都站了起来。宋太祖这才龙心大悦。

皇帝，实际上完全是另外一个种属的生物，不能以人之常情视之。他们就是要高人一等，就是要高高在上。越是到后世，皇权带来的便利越多，这种心思就越牢固！

而女真呢？满族这个族名，尚且是努尔哈赤在兼并了五十多个小部族之后才祭告上天改称的，然后学着远交近攻，不停地和小部族结盟，不停地联姻蒙古，这才壮大起来。这样的族群，在开始的时候只能选择"合议制"，只有这样才能平衡各方势力。可当他们进入中原，见识到了更先进的政治制度、物华文明后，自然会有改变的心思，尤其是既得利益最大的皇族。

可一旦完全按照中原文明设立一个高高在上的皇帝，那么其他原来的统治阶层立刻就会不平衡：皇帝将从名义上的"最强者"变成"统治者"，而其他统治阶层的地位则从"同盟者"变成"被统治者"，他们肯定不愿意，于是只能斗争。好在满族人还保留着一点理智：作为小小二百万人口的民族，进入中原统治这么庞大的地方，绝对不能内乱。所以大臣一方不反，皇帝一方不杀。这才是鳌拜能够不死的原因。

要特别指出的是，后世人提到这一段时，多强调四大臣辅政的朝廷格局变化，或者强调鳌拜与苏克萨哈之间斗争的此起彼伏，着眼点都在"宏大"，谁又能想到，此时关内已承平近二十年，老百姓早已扎根安家，突然之间鳌拜提出"换地"，百姓又要经历怎样的流离动荡？

陈廷敬毕竟年轻，眼看世事如此，怎会没有思考？当然，这样的思考，也不仅止于对百姓悲切、对满汉对抗的愤懑，还包含着对自身道路的选择。所以他病休。向朝廷请假，回了老家。对陈廷敬"病休"三年之疑，值得分析者三。

一是陈廷敬所得之病，其前后之记述，语焉不详，只言"病"，不言何病之有。再者，若有真需三年调治之疾，为何不在名医云集之京师求诊？

二是三年回籍，为的是治病。但从其遗文中，只看到他侍奉父母、研究学问，曾往洛阳等地游览的事情，并无求医问药之事出现，其"病休"如同休假一般。

三是由前文情势分析，陈廷敬"以病请假回籍"的真实原因，可从两方面猜测与分析：一方面，他在朝四年中，有生之大困惑得不到解决。再加康熙帝玄烨登基（陈廷敬曾参加了这一隆重仪式）之后，时帝年幼（仅八岁），由索尼、鳌拜、苏克萨哈等辅政，其核心统治集团内在矛盾严重。陈廷敬对此深感难以应付，需做认真思索。另一方面，对他"延问如家人"、欣赏有加的顺治帝突然去世，他要用什么样的身份、什么样的姿态来继续自己的仕途，也确实需要暂时跳出局外，进行思考。以病为名，回乡作瞻前顾后之思，亦符合情理。

反观陈廷敬入仕之前，曾在府学潞安就读，多次辗转于省城太原参加乡试，定有三两良师益友。因此，在他"病休"三年中，会有寻访讨教之举。

魏象枢，山西蔚州（今河北蔚县）人，顺治三年中进士。曾在朝为高官，与陈廷敬善。此人在其官任之时，就曾往祁县之丹枫阁，与傅山等有密交之访，以求智者贤者指教。故陈廷敬在这个时期，在与家族宗亲讨教之余，极可能往访省内信得过之智者，求教在朝安身立命之举。此言非为空穴之风，因为在陈廷敬"病休"之时，北方反对清军之义军多失利，此时，学者多在山林究学。

独持清德 陈廷敬

康熙二年，傅山往河南辉县百泉过访孙奇逢，此地距晋城近在咫尺，陈廷敬很可能在此时拜访过傅山。因为在康熙二十一年傅山辞世时，魏象枢、陈廷敬所制之祭文中有"儒林恸失其师表兮，四方闻讣而含悲"（《霜红龛集》）之言。陈廷敬文集中也有一篇《怀傅隐君青主》，其中有"汾水相思处，残阳几度斜"（《午亭文编》）之言，说他和傅山深有交往晤谈。所以"病休"期间，陈廷敬是极有可能去拜会傅山的。

此外，在陈廷敬以后的治学中，其思想观点、方法之大端，也与傅山多有契合，此绝非出于偶然。傅山傅青主者，几乎是近代山西最有名的学者。这里我们不多说他的学术，来看看他的行事。

傅山的老师是袁继咸，明末海内咸知的耿直之臣。提学山西时，以"立法严而用意宽"的精神宗旨，不拘一格，选拔人才。他极重文章、气节的教育，对傅山影响颇深。傅山亦以学业精湛、重气节得意于袁氏门下。崇祯九年，魏忠贤死党山西巡按御史张孙振，捏造罪名诬告袁继咸，陷其京师狱中。傅山为袁鸣不平，与薛宗周等联络生员百余名，联名上疏，步行赴京为袁诉冤请愿。他领众生员在京城四处印发揭帖，申明真相，并两次出堂作证。经过长达七八个月的斗争，方使袁继咸冤案得以昭雪，官复武昌道。袁继咸平反之日，魏忠贤的走卒张孙振，亦以诬陷罪受到谪戍的惩罚。这次斗争的胜利震动全国，傅山得到了崇高的荣誉和赞扬，名扬京师乃至全国。

崇祯十六年，傅山受聘于三立书院讲学。未几，李自成起义军进发太原，傅山奉陪老母辗转于平定嘉山。不久，起义军、清军先后攻占北京，明亡。傅山闻讯写下"哭国书难著，依亲命苟逃"的悲痛诗句。为表示对清廷剃发的反抗，他拜寿阳五峰山道士郭静中为师，因身着红色道袍，遂号"朱衣道人"，别号"石道人"。朱衣者，朱姓之衣，暗含对亡明的怀念；石道者，如石之坚，示意绝不向清朝屈服。可见，傅山出家并非出自本心，而是借此作为自己忠君爱国、抗清复明的寄托和掩护。

清军入关建都北京之初，全国抗清之潮此伏彼起，气势颇高。傅山渴望南明王朝日益强大，早日北上驱逐清王朝，匡复明室，并积极同桂王派来山西的总兵官宋谦联系，密谋策划，积蓄力量，初定于顺治十一年三月十五从河北武安五汲镇起义，向北发展势力。然而，机事不密，宋谦潜往武安不久，即被清军捕获，并供出了傅山。于是傅山被捕，被关押于太原府监狱。羁拘期间，傅山矢口否认与宋谦有政治上的关系，即便是严刑逼供，也只说宋谦曾求他医病，遭到拒绝，遂怀恨在心。一年之后，清廷不得傅山口供，遂以"傅山的确诬报，相应释宥"的判语将他释放。

傅山出狱后，反清之心不改。大约在顺治十四年至顺治十六年间，曾南下江淮察看了解反清形势。当确感清室日趋巩固，复明无望时，遂返回太原，隐居于城郊僻壤，自谓侨公，那些"松乔""侨黄"的别号就取之于此后，寓意明亡之后，自己已

独持清德 陈廷敬

无国无家，只是到处做客罢了。他的"太原人作太原侨"的诗句，正是这种痛苦心情的写照。

康熙二年，参加南明政权的昆山顾炎武寻访英雄豪杰，来太原找到傅山，两人抗清志趣相投，结为好友，自此过从甚密。他们商定组织票号，作为反清的经济机构。此后傅山又先后与申涵光、孙奇逢、李因笃、屈大筠以及王显祚、阎若璩等坚持反清立场的名人学者多有交往。尤其是曾在山东领导起义的阎尔梅，也来太原与傅山会晤，并与傅山结为"岁寒之盟"。

为了笼络人心，泯除亡明遗老们的反清意识，康熙帝在清政府日益巩固的康熙十七年颁诏天下，令三品以上官员推荐"学行兼优、文词卓越之人"，"朕将亲试录用"。给事中李宗孔、刘沛先后推荐傅山应博学鸿词试。傅山称病推辞，阳曲知县戴梦熊奉命促驾，强行将傅山招往北京。至北京后，傅山继续称病，卧床不起。清廷宰相冯溥等一干满汉大员隆重礼遇，多次拜望诱劝，傅山靠坐床头淡然处之。他既以病而拒绝参加考试，又在皇帝恩准免试、授封"内阁中书"之职时仍不叩头谢恩。康熙皇帝面对傅山如此之举并不恼怒，反而表示要"优礼处士"，诏令"傅山文学素著，念其年迈，特授内阁中书，着地方官存问"。

傅山由京返并后，地方诸官闻讯皆去拜望，并以"内阁中书"称呼之。对此，傅山低头闭目，不语不应，泰然处之。阳曲知县戴氏奉命在他家门首悬挂"凤阁蒲轮"的额匾，傅山凛然拒绝，毫不客气。他仍自称为民，避居乡间，同官府若水火，表现了自己"尚志高风，介然如石"的品格和气节。

这样一个人，身体力行地在给天下展示：当一个人不愿与政权配合时，或者说不愿意为"异族"效力时，甚至再深一点，不愿意为了现实而折磨"理想"时，他的灵魂会是什么颜色。

这个山西老乡，给还在黑暗中摸索的陈廷敬带来一抹亮色。

到此为止的推论，没有正面的证据可以支持，因此大部分学者都用了"推测"来定义。

我们有一个反面的证据。

"我家太行尽处村"是陈廷敬的一首诗作《洞阳山》中的第一句。这首诗就是写于这个时期。这个时期陈廷敬写了很多诗，后来他把在二十一岁至二十五岁这五年间所写的诗作集成诗集《参野诗选》。

"诗以言志"，我们可以通过这些作品看到他当时的想法和思考的路径及结果，而此书失传，这就比较有意思了。作于同一时期的《午亭诗二十首》被完整地保留了下来。其内容是他的日常生活和感受，并无涉及学习内容和思考结果。这就意味着这个时期的作品被陈廷敬有意识地分成了两个部分，《午亭诗二十首》记录生活和感受，《参野诗选》则记录思考和感悟。结果，同一时期的两本作品一本保留，一本消失，消失的是有可能对制度有思考、有批评的那本。不得不让人怀疑是陈廷敬故意所为。

而假如这个说法成立,那么书中所记载的思考是什么,也就不言而喻了。同样地,陈廷敬在这个时期的记录中并没有具体提到傅山的名字,他一直在说的是另一个山西老乡的学说。这个山西老乡,也是学问大家。前面我们提到过他,他是薛瑄。

关于薛瑄,前面已有过介绍,与王阳明的心学二分天下,足见他的学说之高深有名。大体说来,其内涵有三:第一,对"理""气"的解读和再定义;第二,"复性"说中对"性"的再定义和对"如何复"的阐发;第三,实学,也称为事功学说。

"康熙元年……请假回籍,得河津薛文清公之书,专心洛闽之学。"(《午亭山人年谱》)

"七岁,得乡先贤薛文清公《读书录》,遂立志以河津为师。"(《国朝名臣言行录》)

"三年三月,撰《故曾叔祖处士忠斋公墓碑》。另有《耆卦赋》《河图洛书赋》《伏羲先天策数本河图中五解》《锡土姓说》《河图中五生数解》《伏羲先天卦爻解》等。"(《午亭文编》)

洛闽之学就是洛学和闽学。其中,洛学是程家兄弟的理学,闽学是朱熹的理学。他们三人的学说合起来就是程朱理学。宋明理学,就是这三人再加上薛瑄的实学和王阳明的心学的统称,由此可知薛瑄的学问有多厉害。

但薛瑄的学说明显是对朱熹学说的一种松绑,或者说,薛瑄的"实学"更加务"实"而不务"虚"。这在讲究学问要高蹈、要玄虚的时代很不容易,他本人更因此被称为"实践之儒"。某种意义上，心学的知行合一也一样在解决"大学问"与"小人生"之间的连接问题，这也正是他与王阳明的学说能够在那时风靡一时的原因吧！

要把高高在上的规律与每个人的生活、行动建立联系，正是儒家一直以来孜孜以求的目标。我们一直在强调修齐治平，修身齐家治国平天下，说的就是每个人的目标。

那么这些要怎么做到呢？

> 古之欲明明德于天下者，先治其国；欲治其国者，先齐其家；欲齐其家者，先修其身；欲修其身者，先正其心；欲正其心者，先诚其意；欲诚其意者，先致其知。致知在格物。
>
> 物格而后知至，知至而后意诚，意诚而后心正，心正而后身修，身修而后家齐，家齐而后国治，国治而后天下平。
>
> 自天子以至于庶人，壹是皆以修身为本。

这段话出自《礼记·大学》。初次读文，大家都觉得此文非常具有说服性。但我要说的是文中提到的这些事究竟应该怎么做呢？就说格物，究竟应该怎么格？王阳明曾经格竹子，格了一个月，什么也没格出来。怎么格？怎么判断格出来的东西？格的规律是什么？

假如先贤关于格物的说法是有效的，螟蛉义子的说法就不

独持清德 陈廷敬

可能堂而皇之地写在书上。受过现代教育的人一眼就可以看出，以上的说法作为规律，缺少更基础的工具，缺少可以被讨论的数据，缺少被定义的标准。在这方面做功，可以形成科学。可惜，因为"格物"太基础，于是被认为"低级"，研究这些被称为"不务正业"，取得的成绩被视为"奇技淫巧"，诚可怜可叹。

明中期以后，儒学走到阳明心学和薛瑄实学这一步，正是天下人对空谈和对人性越来越桎梏的理学的反弹，是"人"对"世界观"要求的具体体现。此时心中迷茫的陈廷敬，缺少一个具体可行的指导。发现、或者说再发现薛瑄的理论学说，让他再次如获至宝，有具体的步骤，有可执行的策略、可验证的目标，本身就具备丰富的学识和丰富的实际经验的陈廷敬，如饥似渴地学习着。他甚至意识到，这是他将来再次入仕，在为官路上的重要工具、主要武器。

事实确实如此，从后世的观点看，陈廷敬所找到的这条路、掌握的这条理论，叫作"理论联系实际"，具备巨大的解放思想的力量。理论联系实际，正是这样的观点指导着陈廷敬在后来走出了与当时的绝大多数读书人不一样的道路：完善制度，保住汉家文明。

我们前面提到的顾炎武，他对国家的定义是："有亡国，有亡天下。亡国与亡天下奚辨？曰：易姓改号，谓之亡国。仁义充塞，而至于率兽食人，人将相食，谓之亡天下。"（《日知录》）

对陈廷敬来说，帮助皇帝建立权威，使得野蛮的"议政制度"不再残害自己的同胞,很有可能是一条成功的道路。于是,已经重新坚定信念的陈廷敬,踏上了回京的道路。

他首先要做的,就是建立与新皇帝之间的联系。

五、一遇风云变化龙

康熙六年七月,十四岁的康熙在养心殿的书桌前端坐,手中捧着书,但看似认真的神色下,眼睛却无神,明显在思考着什么。

总管太监顾问行压低身子,快步走了进来,低声对康熙说道:"皇上,今天侍读的翰林们到了,您看?"

康熙回过神来，眼底深处闪过一丝厌恶，沉声说道："又是谁家的人？"

顾问行想了想："本来安排的是阿布哈，不过后来鳌拜大人给换成了克克仁和阿那乎。"

康熙："阿布哈是谁推荐的？"

顾问行："是遏必隆大人。"

康熙深深吸了一口气："把克克仁和阿那乎换了。"

顾问行弯腰说："嗻。"后退几步侧身走到殿门，却不防殿门猛地被推开。

顾问行脸一沉，咬着牙说道："大胆……"

话音未落，顾问行看到了来人，顿时住口。

鳌拜站在门外，眼神阴沉地看着顾问行。顾问行脸皮抽搐了一下，但还是挤出一丝笑容，大声说道："鳌拜鳌少保拜见陛下！"

鳌拜的眼神越过顾问行，脸上涌起笑容，大声喊道："皇上，臣鳌拜来拜见您了。"说着话，挤开了顾问行，迈进养心殿。

顾问行回头看看脸上也已经涌起笑容，甚至站起身来的康熙。

伴随着起身动作，康熙微不可察地摆了摆手。

顾问行出了殿门，门边的两个小太监关上殿门后，他对站在不远处的随侍太监一点头，就走向内秘书院的方向。

独持清德 陈廷敬

随侍太监快步跟上，顾问行低声说道："找个理由，把门口的杂役和门监换了。"

随侍太监连忙点头："小的明白。"

殿内的康熙和鳌拜已经相对而站，不知刚刚说过些什么，二人脸上的笑容都消失了。

康熙说："朕本月已经宣布亲政，日常读书备选理应自选，就不劳烦外廷众位大臣费心了。"

鳌拜呵呵一笑说："皇上这话说的，好像老臣想要管着皇上一般。"话语中"管着"二字特意加重，"要不是先前顺治爷的嘱托，害怕咱这大清江山有个磕碰，老臣早就啥也不管，回家饮酒作乐了。"

康熙眼角一抽，他听出了鳌拜话语中的威胁，点点头说道："鳌少保忠心为国，朕心深知。不过朕读书这点儿事与这天下相比，不值一提，鳌少保也可多歇歇，养养精神，为朕，也为大清巩固江山。"

鳌拜哈哈一笑，拱手道："皇上有心了。不过先帝爷遗命臣为顾命大臣，就是为了辅佐皇上的，虽然皇上现在已经亲政，可毕竟圣寿只有十四，有些事还拿不稳。更何况皇上您读书的事可不是小事，只要涉及皇上您的就没有啥小事，圣躬不稳则天下不安啊！"

康熙似笑非笑："都说鳌少保一身功夫都在马上，不想对江山稳固见解也如此深刻，可见传闻有误，都小觑了少保了。"

鳌拜仰头大笑："皇上也一直叫我少保，那就是认我这个师父，我听说师父就是要言传身教，我肯定要给皇上做个榜样。所以我每天回家，都要请读书师父给我讲讲书的，不然，万一皇上问起来，我讲不清楚，说不明白，我这个师父可就丢脸啦。"

康熙点点头："是啊，少保有心了。"

鳌拜手一摆："所以说这读书的事是大事，既然皇上也认为我鳌拜做得还行，那就先按照我说的来，如何？"

康熙盯着鳌拜看了一会儿，脸上浮出笑容："当然，少保如此用心为朕，朕自然不会拒此好意。来人！"

旁边出来一个太监，躬身听旨。

康熙："赏鳌少保明珠十颗，宫花一朵。"

鳌拜大咧咧地躬了躬身："老臣谢皇上赏赐。"

康熙坐下："既然少保安排周当，朕就准备开始读书了，宣侍读进殿吧！"

鳌拜上前一步："且慢。"

康熙眼一凝："嗯？"

鳌拜从手中拿出一纸奏折："臣还有本。"说着不等太监从他手中接过，自己上前一步，把奏折递给康熙。

康熙接过，一边打开一边问："少保又有何军国要事？"

鳌拜一笑："臣劾苏克萨哈大罪二十四条，请陛下诛之。"

内秘书院中，满汉众多翰林都在此聚集，读书的读书，做事的做事，显而易见，汉族的翰林们对手中的事情更认真些，而满族的翰林们神态和动作都更放松些。这倒是好理解，在他们心中，这天下就是自己家的，汉族的这些读书人，不过是家中请来帮忙的外人罢了。

顾问行走到一间屋子门前，身边的小太监上赶两步把门打开，门内众人向外看来，其中三人看到门外站着的是顾问行，第一反应是一边站起身来，一边看向对方。

顾问行面无表情："圣上有旨，宣翰林克克仁、翰林阿那乎入内侍读。"

克克仁和阿那乎微微吐了一口气，跪地接旨："臣遵旨。"站起身来看向愣住的阿布哈，微微一笑，起身离去。阿布哈僵直着身体看着二人离去，周围一片安静。

清初的政治制度实际上来自两个体系。一个是在白山黑水间崛起的少数民族朴素的政治观念——联合大多数而产生的部落联席制度，也就是"议政王大臣会议"；另一个就是已经在中原地区施行了近两千年的"皇权"制度。我们前面已经讲过，在顺治朝和康熙初年，这两种制度之间以它们的代言人争斗的方式进行了激烈的碰撞，其内核是对"权力"或者说"利益"分配的主导权的斗争，其间的表现形式又分为"帝位"争夺、新旧党争夺、满汉争夺等等。这些背景我们不进行更深的探讨，只说陈廷敬等汉人官员天然的立场，就应该是倾向"皇权"的，倾向"皇帝"的，倾向"儒学"的。

这个立场选择除掉个人因素之外，还有天然的"阶级"性——这样的制度或者说理念，是最"稳定"的——而稳定，是普通百姓和读书人的天然追求。

此时刚刚亲政的康熙，他所能寻找到的支持力量，按照同一逻辑，其实也一眼可见了。当然，他要优中选优。于是，在退一步的情况下，康熙以同意鳌拜处死苏克萨哈一家的条件，换得了自己选择侍读的权力。

康熙六年九月初五，苏克萨哈被押赴刑场，而初六，康熙派顾问行召来了缪彤等四位各榜的汉人状元。从顺治三年开始开科，到今年康熙六年，共产生了满汉十四位状元，但十二位汉人状元中活到现在的只有这四位了，即使和陈廷敬同榜的状元孙承恩，在中状元次年也去世了。

康熙看着面前恭恭敬敬的状元郎们，声音沉静地问道："各位魁元均是天下英才，不知可懂农书？"

状元们无一例外都是一愣，过了很久，年纪最大的顺治十二年状元史大成开口说道："臣等日读诗书，久疏农耕，不敢说懂。"

其余三位也下跪谢罪："臣惶恐。"

康熙点点头："还算诚实。"

四人头趴在地上不敢出声，年纪最小的康熙三年状元严我斯甚至尿了出来，其余人也全都浑身大汗。

康熙指着书桌上厚厚的一摞书说道："这几本农书，有《蚕经》《杂五行书》《齐民要术》《士农必用》,可听过?"

顺治十六年状元徐元文回道:"臣听过。"

康熙:"可读过?"

徐元文:"读过《齐民要术》,《士农必用》略略浏览,《蚕经》和《杂五行书》未曾读过。"

康熙:"可有所得?"

徐元文磕头不语。

康熙:"可有所感?"

徐元文:"博杂巧思,精深幽微。"

康熙笑了:"难得你用了精深幽微这等赞誉。"

徐元文:"臣惶恐。"

康熙:"这些书,农夫可看得懂?"

徐元文:"《蚕经》和《杂五行书》不知,《齐民要术》《士农必用》为文言文写就,而且并无句读,更缺注释,不是俗文俗字,恐怕……"

康熙一叹:"诚晦涩难懂也。这农书若是给农户写的,农户看不懂;若是给士大夫写的,士大夫几无注解,基本没人看。那这农书,究竟是给谁写的?又有何用?"

四人这时稍稍平静下来,缪彤鼓起勇气:"臣等明白了,即日起攻读农书,加以注解,以期早日通行天下,为我大清创无上盛世,立万世之基。"

康熙摇摇头:"尽信书不如无书。我大清地广千里,南北寒暑有差，温度有别，这农书里的记载却不准确，并不周详全备。"

四人再次沉默。

康熙叹气："罢了，尔等终究不曾躬耕，再讲也是无益。跪安吧！"

内秘书院的值房内，被众人围在中间的史大成面带苦涩，看着周围的翰林说道："圣天子亲政，正是我等奋发之时，可老朽无能，未曾得圣上青眼。然此等机会，百年难得。此次圣上专召我等汉臣，各位大才，不可轻忽。"

围着的各位翰林齐齐拱手躬身："谢前辈指点。"

大家说这话是真心的，身在官场，谁会这样尽心尽力地指点身边人呢？毕竟史大成等人此次面圣是失败了的，假如大家都失败，那没什么，可一旦有人成功，剩下的人则将永远失去向上的机会。这失败的经验别人肯定藏得好好的，毕竟那也许就是登天的梯子。最不济，也要用这个经验换取实际的利益才是最佳选择。可面前这位老学士却就这么坦荡荡地说了出来，风光霁月，如何让他们不佩服！

史大成站起身来："我这就去把农书找出来，加以句读，以便各位速读。"说着向外走去。

周围人再次躬身："谢前辈！"

有人甚至哽咽。

史大成步履匆匆："机不可失，时不再来，诸位皆为我汉臣

独持清德 陈廷敬

精英,切切,切切!"语毕人影已杳。

屋内众人久久不曾起身,只有声息渐重。

养心殿,经过数次侍讲,大部分汉人翰林已经心中有数,不再像初次面圣时的状元们那么紧张,而且史大成开了个好头,这些读书人罕见地没有彼此下绊子、挖陷阱,一旦有谁对皇帝的询问有所得,便尽力突出他。这样一来,年轻的康熙帝对汉人翰林们的印象大好,觉得相比起那些满人同族,这些汉臣们恭谨过之,学问过之,甚至连人品也过之。过往读书时看到的那些美好品质似乎都是真的,曾经内心深处感觉的汉人朝廷糜烂,所以汉人学问不值一哂的想法渐渐地泯灭了。

可疑惑也随之而来,这样好的学问,怎么他们的江山就被太祖太宗世宗一鼓而下了呢?

今天讲《论语》,他要问问。

"子曰:为政以德,譬如北辰,居其所而众星共之。"

康熙正襟危坐,看着众人,等待讲解。

熊赐履开口:"解曰:治国为政,最重要的便是德行。陛下修德,就会像北极星那样,安然处之,别的星辰都环绕。"

康熙点点头,"何为政?"

熊赐履:"政,正也;为政者,为正也。政,文也;为政者,尚文也。为政之道,为正人,用正人,行正道,做正事。政务纷繁,用对正人而已矣。政之首务,当为用人,良善之人身居高位,则小人收敛自己的行迹;居高要而执简,举重若轻。

为政之法：文载道，笔为器，文化民，笔生花。众口嚣嚣，向正导引而已矣，政之首倡，当正风气，风气清朗海晏河清，则恶劣的行径无所遁形；笔为器意纵横，教化万民。"

到此熊赐履郑重地说道："以正以文，政可治，国可期，万民之所向。"

康熙点点头说道："政：正人者不正，纠正他人不正确的行为，就是政，纠正之后，才能向治，卿以为如何？"

康熙解"政"字，和熊赐履解"政"字，解出来的都是"正"字。

康熙解出来的是一个动词，纠正的正，行使权力去纠正。

熊赐履解出来的则是名词，正义的正，正确的正。

熊赐履说道："陛下所说也为确解。"

康熙点点头，又问道："那何为德？"

熊赐履说道："仁义礼智信。"

旁边张英俯首插了一句说道："温良恭俭让。"

熊赐履点点头继续说道："修身、齐家、治国、平天下，而其前提是格物、致知、诚意、正心。一个人的修行，在心为德，外化为礼。"

张英继续说道："博学、慎思、笃行、达仁心，而其前提是良善、谦恭、节俭、忍让。亿兆万民修行，道之以德，齐之以礼。"

两人说完，彼此看了一眼，面带微笑。

独持清德 陈廷敬

康熙道:"德:躬行心得之理,就是需要亲身去经历所见所闻、所思所想得到的道理,方为德。纲常伦理,先自家体备于身,然后敷教以化导天下;纪纲法度,先自家持守于己,然后立法以整齐天下。谓曰:德为心中法,法为成文德。以德修身,以法治国,以正人者不正,为政以德。二位大学士,以为如何?"

熊赐履和张英俯首说道:"陛下说得也是确解。"

康熙:"如此,朕有一问。"

在场众位翰林都弯下了腰。

康熙:"为政以德,君子,治人者也,若君子无德,当如何?或者说,若是君子不修德行,不律己,不崇德,不修身,当如何?更确切地说,君子,把这天下当成一己之私,是非功过,只是以己独论,他们学识丰富、见识广博,世俗而老道,善于伪装,知道如何利用规则来谋求私利,只利己而不利众,不弘且毅,安官贪禄,营于私家,不务公事,当如何?"

瞬息之间,熊赐履的汗就出来了。

在场众人都是饱读诗书的,哪里不明白皇帝在问什么。

儒家的"君子"是一个抽象概念,它应用在儒家这个体系中的各个地方,关于道德的、关于行为的、关于理念的等等,但落实到具体的个人身上,它又有着来自道德制高点的压迫力,于是很多人就认为这种压迫力是强制的,是真实存在的,但这其实是个错觉。这种出于理念而又针对个体的压迫力,实际上是来自"体系"，或者换句话说，来自认同这一理念的系统，所以，"君子"这个概念有一个很重要的核心——它是自律的，而不是他律的。

换言之，你违反了君子应该遵守的规则，破坏了君子应该追求的目标，所以呢？所以你不是个君子了，而已。

可我们说过，君子是一个泛概念，有些时候是虚指，有些时候是实指，有些时候，甚至，是特指。比方说，皇帝。

熊赐履和张英的身形略微有些不稳，这是能谈论的话题吗？

康熙却不放过，盯着熊赐履："嗯？"

熊赐履一字一顿地说道："君子昏乱，所为不道，当敢犯君子之颜面，言君子之过失，不辞其诛，身死国安！不悔所行，如此者直臣也，臣当以直臣！臣不德则劾，君有……"

熊赐履卡住了，康熙又看向张英。

张英也嗫嚅着："君有……"

在场众多翰林统统沉默。

康熙一直在强调君子是治人者也，把君子解读为治理国家的人，可是君这个字对应臣的时候，那意思就只是皇帝。千年以来，君君臣臣，子不言父过，臣不言君失。比如商纣王失天下是因为妲己；跪在岳飞庙前的只有臣子，没有赵构，是秦桧蒙蔽主上；明英宗朱祁镇兵败土木堡是王振的错；而朱祁镇以"意欲为"杀于谦，把责任推到了徐有贞头上。

这些君主的过失，大多数都归罪于后宫妃嫔、宦官佞臣。

独持清德 陈廷敬

皇帝总是清清白白,皇帝总是干干净净。

"君有失则诤谏。"康熙给两位翰林补充完整。

大殿一片安静。

康熙接着问道:"谏,规劝,臣子劝谏,若是皇帝不听,又当如何?"

无人回答。

康熙摇摇头,眼中掠过一丝失望:"前明嘉靖四十四年,海瑞扛着棺材上《治安疏》,怒斥君王过错,不忠不孝,嘉靖说海瑞想学比干,朕还不想当商纣王呢,故此留其性命。穆宗登基,大赦天下,海瑞出天牢,仍为御史。可是穆宗登基后,六年未召见辅臣,临朝而无所事事。若是皇帝不听规劝,又该当如何?"

众翰林仍然无言。

康熙的失望溢于言表:"回去写文章,不许商量,各自呈上,跪安吧!"

为政以德,逻辑上没问题,但是这皇帝不修德行,在儒家君君臣臣框架之下,又该怎么办呢?六年未召见辅臣,临朝而无所事事,可不只是康熙随口说的,那是高拱和群臣们的谏言。

隆庆皇帝当了六年的皇帝,不召见辅臣,上了朝也是草草了事,没事就免朝,朝臣们劝了,没劝动。但是嘉靖和隆庆皇帝都还肯下印,大明的纠错机制还能运行,到了后来,万历皇帝争国本,斗不过大臣,干脆直接摆烂,连个印都不落了。朝臣们也不斗了，斗什么？连个人都没了，跟谁斗？跟空气斗智斗勇吗？

万历皇帝三十年不临朝，不参加朝会，不参加每日廷议，甚至不下印，就没人劝吗？劝的人多了。面对朝臣们的《酒色财气疏》，他斗不过，于是便奉行三不原则，不听，不看，不说，朝廷几近于停摆。

朝臣们面对万历皇帝的摆烂三不大法也没有办法，还是只能劝。但劝了不听，又能有什么办法呢？

三天后，康熙看着熊赐履等人的文章，听着顾问行的总结。

顾问行："综合起来，这些翰林的意思大概一致，当死谏耳！"

康熙摇头说道："若是要撞柱，纠仪官会拦下，而后以失仪罪之入北镇抚司衙门。海瑞抬着棺材上谏，不也是入了北镇抚司衙门，等到大赦天下才走出了牢房？"

"死谏死谏，不听、不看、不说，又有何用？"

值房中，再次聚集到一起的众位翰林面面相觑，他们设身处地，自己也回答不出除了"死谏"之外的其他答案。或者说，他们知道其他答案，但谁又敢对着皇帝说出来呢？

真正的答案是用制度来约束皇帝的行为，可这与"皇权至高无上"这一核心原则相冲突，在宏观层面上当然是正确的。无论是董仲舒的天人感应，还是汉唐时设丞相都起到了这个作用，可"皇权论"最大的既得利益者就是皇帝本人啊，谁会想

独持清德 陈廷敬

着限制自己呢？所以，谁敢对着皇帝说限制皇帝呢？

可不这么说，就只能说"死谏"了。

熊赐履也长叹一口气："这次进讲，皇帝甚是失望。吾等惭愧！"众人拱手，纷纷开口安慰。熊赐履也苦笑着接受，忽然看见站在人群中的陈廷敬似乎若有所思，于是开头道："子端兄似有所得？"

闻言大家都转头看向陈廷敬。陈廷敬皱着眉头，先向大家拱拱手，开口说道："在下也并不肯定，只是有种感觉。"

熊赐履眼前一亮："集思广益，群策群力，子端兄快快道来。"

陈廷敬说："早先陛下召见，先问农书，众人茫茫然不知所以，而今圣上又请学兄问学，提及《论语·为政》，却别出机杼，纯以施行之道立论，由此可知……"他的语速慢了下来。众人也不催，知道这是陈廷敬在进行高速思考。陈廷敬慢慢说道，"陛下这是在寻找循吏。"

所谓循吏，最早见于《史记》的《循吏列传》，后为《汉书》《后汉书》直至《清史稿》所承袭，成为正史中记述那些重农宣教、清正廉洁、所居民富、所去见思的州县级地方官的固定体例。除正史中有"循吏""良吏"的概念外，到元杂剧中又有了"清官"乃至民间的"青天大老爷"的称谓。

但在"上位者"眼中，循吏还有另外一个意思。一般认为循吏的政绩主要表现在三个方面：改善人民的经济生活，教育，理讼。看这定义就可明白,循吏在上位者眼中,是能"做事"的官。

陈廷敬话一出口,大家都是眼前一亮,但很迅速地,却又各有表现。一部分翰林在点头,他们认知中的循吏,懂变通之道,在面对困难时,能够在不违背原则的情况下脱离框架。而另一部分翰林则皱眉摇头,他们是非常典型的清流思维,讲究的就是崇礼而重德,崇拜的是"义不食周黍",原则问题不能谈判,对于变通之道极为不齿。

这是很常见的情况,儒家的"经权之论"就是关于原则性与灵活性的关系思辨。还是那句话,儒家学说非常成功,所以很多其他的学说都被包容了进来,但它的缺点就是太成功了,以至于太过提纲挈领,无法针对具体情况给出定义和限制。那么大家无论对问题有什么样的看法,都可以在同一套体系中找出符合自己思路的前贤论断以作助力,都能找到也就意味着都找不到,于是争论既难以避免,又不可收拾。

好在熊赐履是个出色的读书人,有经有权,他对着陈廷敬说道:"下次侍讲,贤弟当勇往直前。"

陈廷敬并未立刻开口。

熊赐履看看周围的同仁,声音放低:"外朝风波不断,我总感觉,陛下的耐心,不多了。"

此时康熙的耐心确实不多了,或者说,他之所以亲政,正是因为耐心即将耗尽。索尼还在时,作为顾命四大臣之首,虽

独持清德 陈廷敬

然压不下鳌拜，但起码挡得住。可他一死，鳌拜气焰熏炙，苏克萨哈排名第一，但对鳌拜毫无抵抗之力，而遏必隆则软弱庸懦，随风飘荡，以至于短短一个月，朝政悉听鳌拜摆布。康熙忍无可忍，这才在七月初宣布亲政，可谁承想鳌拜寸步不让，竟然要杀苏克萨哈。

他怎么敢？他怎么敢？康熙回想着鳌拜的行径，在御前"攘臂上前，强奏累日"，心中怒火万丈。朕是皇帝，康熙想着，朕必杀你。

可康熙需要帮手，不但需要武力上的帮手来擒拿鳌拜，还需要治理上的帮手。目前朝中的大部分大臣，不是来自满洲的军功贵族，就是前明留下的颠顸贼儒，此时读书有成又有大志的康熙看不上这些人，可太年轻的他缺少培养人才的时间，他只能在目前划定的范围内慢慢寻找，他相信他一定会找到的。

这不是陈廷敬第一次见到康熙帝，当年顺治皇帝大行，康熙帝灵前即位时陈廷敬就在现场。可这是陈廷敬第一次以个人身份来见康熙，换句话说，虽说这次侍读，陈廷敬仍然是众多人中的一位，但他具备了随时跳出来被皇帝记住——作为一个个体被皇帝记住的资格。

今天还是讲《论语》。

李天馥开口说道："子贡曰：贫而无谄，富而无骄，何如？子曰：可也。未若贫而乐，富而好礼者也。"

马大士负责解字："谄：卑屈。骄：矜肆骄纵。可，是可以，但还没有到极致。"

李天馥："子贡问夫子：'贫穷却不谄媚，富有却不骄慢，怎么样呢？'孔子说：'可以。'但是还比不上贫穷而能乐道，富有而能好礼的人。"

康熙看着李天馥问道："翰林何解？"

李天馥回答道："常人贫苦时，却无卑躬屈膝之意，富贵时，却没有矜肆骄纵之心，这已经极为难得了。若是能做到贫困苦寒，还以追求圣贤之道为乐，富有显贵，仍然在追求礼法，那便远超常人了。夫子如此回答子贡，是勉励他追求还没达到的境界。所以先贤有云：贫贱不谄，富贵不骄；居贫向道，富而好礼。"

"如此。"康熙点头，"那么，朕有一问。"

大家躬身。

康熙："若是一人处于贫困之中，食不果腹，衣不遮体，行路时，路上的砾石磨破脚掌，此时有人说，跪下磕头就有饭吃，就有衣服穿，就有鞋子阻拦砾石之痛。请问翰林，此人如何不跪？"

李天馥眉头紧蹙，眼前闪过了许多的画面，说道："不能，所以才要居贫向道。"

康熙问道："既然要跪，谄媚卑屈，就做不到贫贱不谄，更无法追求圣贤之道。"

李天馥愣了一下，想了想，说道："是的。"此时汗已湿背。

独持清德 陈廷敬

康熙继续问道："若是一人，处于富贵之中，打伤了佣奴，一拳三文钱，十拳五十文，打死人一两银子，甚至一两银子都不用，打死人都无人惩罚，有人替他善后遮掩，作恶却不自知，那么，此人如何不矜肆？"

李天馥沉默了许久，才俯首说道："不能。所以才要富而好礼。"

康熙摇头说道："既然矜肆骄纵，就做不到富而不骄，更别说富而好礼了。"

众人陷入沉默。

君臣的这番奏对，让养心殿内陷入安静之中。圣贤书读到这里的时候，似乎出现了一些无法解释的现象，皇帝在问，但在场众位翰林大才，似乎无法用圣人训来解释了。

康熙问的是什么？

小善人打了佣奴一拳，扔下三文铜钱，佣奴会感恩戴德。自那以后，小善人就知道打人只要三文，打十拳加点钱，杀了人也不用怕，有人帮忙遮掩，在小善人的眼里，作恶根本就不是作恶，那人还是人吗？不是。人在小善人的眼里，就变成了一个物件。人都是物件了，那还提什么矜肆骄纵，富而好学呢？

此时在场的众位翰林，纷纷用眼角瞟着陈廷敬，他们感觉，皇帝的失望已经快抑制不住了。即使那些与陈廷敬理念有所冲突的翰林，也盼着此时有人出来，力挽狂澜。

康熙观察非常敏锐，他顺着大家的目光，也看向站在队列中的陈廷敬，眼睛瞟过今日侍读的人员名单，对上了号，开口说道："陈廷敬，你馆试御试辄取第一。必有所得，且道来。"

陈廷敬："此臣一家之言，荒悖谬乱，不敢有辱圣听。"

康熙反而来了兴趣："朕恕你无罪，讲来。"

陈廷敬上前一步出列，又拱手道："此论有乖圣教，恐为天下笑。"

康熙兴趣更浓："姑妄言之。"

陈廷敬在干什么？他在打预防针。今天之前，众翰林内部讨论时已经明确，一定要有能说到皇帝心里的人出现，不然皇帝将会更加急切，他们作为汉臣唯一的优势——不与现有既得利益群体有瓜葛，也会消失：皇帝要办事，有的是现成的人和势力上赶着过来卖命。

可如果要做"惊人语"，就必然会出现与某种固定的观点做对的情势，得罪了皇帝固然是一死，得罪了天下读书人，也一样是如同死了。因此陈廷敬连说了两句，康熙也连续答应了他两次，为他作保。

当然，这是有代价的，如果接下来他说的内容不够"惊人"，不能打动皇帝，那么，不但有可能真的因为荒悖谬乱被处死，而且即使死了事情也会被宣传出去，真的"为天下笑"。

陈廷敬深吸一口气，缓慢而冷静地说道："如果贫穷困苦不改变，终究会谄媚卑屈；如果富有显贵不加约束，必然会矜肆骄纵。日久之后，世风日下，礼乐崩坏。"

独持清德 陈廷敬

众翰林都愣住，只有康熙眼前一亮："说下去。"

陈廷敬说："所以才会有贫贱不移则必谄，富贵不限则必骄，礼必崩，乐必坏。"

李天馥在思考如何反驳陈廷敬的言论。他是那种很守礼的读书人，猛然听到这样与圣人教诲相悖的狂乱之言，本能地不认同，可在反驳之前，他需要找到两个问题的答案。他无法得知食不果腹、衣不遮体、砾石伤脚的境遇下，如何不跪。他也无法得知富贵之人把人看成物件之后，连遵纪守法都做不到，如何去追求道德，因为律法只是道德的底线。他无法得知这两个问题的答案，便无法反驳陈廷敬的结论。

同样的反驳想法，在殿中每个翰林心中都来了一遍，毕竟儒学是一个讲究尊卑有序的学说，谁在听到这个结论的时候都会心慌。

可现在不是争论这个说法是对是错的时候，关键是这个说法有没有说服皇帝。翰林们大着胆子偷偷看向皇帝，康熙却好似没听到什么奇怪言论的样子，面色平静。大家心中都不免失望，这次，子端兄冒着身败名裂的风险所说之语，也还是无效了吗？之后继续进行的对"学而时习之"的讲读波澜不惊，好似讲的和听讲的都没了心劲儿，只是在完成一项工作，很快就到了结尾。

康熙在例行的要求翰林"跪安"之后，加了一句话："着陈廷敬下次侍读继续来。"陈廷敬听到后身子僵了一僵，随即跪倒领旨:"臣遵旨。"

陈廷敬破例成为皇帝侍读的这件事在翰林院引发了极大的轰动,让史大成等老辈人物很是激动,三天后,陈廷敬又出现在了养心殿。

还是《论语》。

陈廷敬开口说道:"子曰:道之以政,齐之以刑,民免而无耻。道之以德,齐之以礼,有耻且格。

"道,引导;政,正人者不正,法律政令;齐:齐一;刑:刑罚。

"德;行道而有得;礼,制度品节。耻,是愧耻、羞耻。

"孔子云:人君之治天下,不过是要人为善,禁人为恶而已。

"所以说,用法制去引导百姓,使用刑法来震慑他们,老百姓虽然免受刑法,却失去了廉耻之心;用道德教化引导百姓,使用礼制去约束百姓,百姓不仅会有廉耻之心,而且也会使人心归正,天下向治。

"《礼记·缁衣篇》云:夫民,教之以德,齐之以礼,则民有格心;教之以政,齐之以刑,则民有遁心。

"《孟子·尽心上》云:善政民畏之;善教民爱之。

"这些说的都是一个道理,用道德去引导,用礼法去约束万民,使天下百姓闻善能徙、知过能改,修养人格、实践德行。"

陈廷敬讲的是《论语》,引用了孔子的话,又引用了《礼记》《孟子》，以便能使自己的观点尽量全面。

康熙坐直了身子问道："以德服人，以德治国？"

"是的。"陈廷敬点头，"陛下圣明，这里的核心主张就是以德治国。"

康熙等了等："还有什么？"

这是在让陈廷敬别装了，有什么准备好的东西就拿出来吧！

陈廷敬点点头："臣有一例，乃前明故事。"

康熙点头："讲来。"

陈廷敬："前明谭纶，与戚继光并称谭戚，领兵平边陲三十年，神宗年间为兵部尚书，提举京营，卫戍京城，却在春分去日坛祭祀的时候咳嗽了几声后被御史雒遵、景嵩、韩必显弹劾。不知陛下可知此事？"

康熙点头："是因为他卡住了京营点将录，时任刑部尚书王崇古推荐的将领都难以提拔，而王崇古乃是晋党党魁，御史发动晋党言官弹劾谭纶。"

陈廷敬开口问道："谭纶做事光明磊落，不阿附族党，坦坦荡荡，上无愧于义，下无愧于心，可谓君子？雒遵、景嵩、韩必显小题大做，倚礼而行族党排异之事，不胜不止，用舍予夺，无纲无纪，可谓小人？"

康熙点头："自然，君子坦荡荡，小人长戚戚。"

陈廷敬立刻开口问道："陛下，以德何以服人？"

康熙的眼睛亮了。

谭纶被数次弹劾的原因是不阿附晋党，而弹劾他的人，是晋党的科道言官，扛着礼法的大旗，做着族党排异之事，以德又如何服人呢？没有说服力啊！这最后的处置，还是要落到这法律政令之上。

康熙看着眼前的陈廷敬，他其实知道如何以德服人，确切地说，圣贤书说过：兴于诗，立于礼，成于乐，仁发于心，行出于义，便可以以德服人，这个逻辑是非常完整的。

可是在刚才的那个例子中，这个道理显然说不通。政，正人者不正，用道德的力量无法纠正他人行为的时候，就只能用法律政令了。再想到陈廷敬之前说的那般，贫贱不移则必谄，富贵不限则必骄，礼必坏，乐必崩，礼崩乐坏。难道……？

康熙："还有吗？"

陈廷敬平静地说道："还是前明故事。戚继光约束军兵严苛，不肯扰民一丝一毫，践踏百姓一根稻谷以斩首论，南兵为当世雄兵。时倭寇横行东南，狼烟遍千里，民不聊生。蒙古强掠西北，征伐十五年，军民流离。戚将军执掌南兵，南征北战，可在廷议之上，却有官员议论非非，以缀疣、多余无用之物论之。陛下，戚将军及他执掌南兵，真的是缀疣吗？"

康熙极为郑重地回答道："故国虽大，好战必亡；天下虽安，忘战必危。"意思是戚继光不是缀疣。

陈廷敬开口问道："那么陛下，以德何以治国？"按照天下九经，修文以柔远人的说辞，只需要修德就足够平息倭患和北虏南下了。隆庆和议、俺答封贡，看似是修文以柔远人的大胜利，但如果不是宣府、大同和俺答汗带领的北虏打了十二年，硬生生把北虏打得筋疲力尽；如果不是此时戚继光领三镇总兵官，在蓟州云集十万强兵，北虏会不会再次南下，劫掠关内？"

一定会。

所以，如何以德治国？

康熙的眼睛彻底亮了起来，盯着陈廷敬："如何做？"

陈廷敬说道："道德是最高追求。以德服人，以德治国，都是一种追求，是所有人心之所向的，但是仍然要制定律法政令来约束。法，兴功德震慑罪恶；律，定框架止争执；令，令人知事。"

"道德在内，而律法在外，应当以律法限制人的行为，以政令来治理国家。

"所以说，德定于上、法化于下，因事而制礼，当事而立法；道之以德，以律制人，齐之以礼，以法治国。"

陈廷敬的观点是以律制人、以法治国，对应的则是以德服人、以德治国。

他的观点其实并不稀奇。他不否定孔子的理论，而是将孔夫子的仁德高高举起，再讨论实践的问题。汉宣帝曾经说过，汉家制度，王道霸道糅之，更简单直白一些，就是儒皮法骨。披着儒家道德的大旗，做着法家约束人的事儿。

康熙沉默了片刻，终于还是忍不住哈哈大笑了起来，这种理论和实践并重的思考,他真是等了很久很久了。于是他朗声道:"传旨,擢陈廷敬为正六品国子监司业。"

独持清德 陈廷敬

六、长太息以掩涕兮,哀民生之多艰

康熙二十三年九月初九,陈廷敬被提升为都察院左都御史。都察院是监察机关,专司国家风纪,凡政事得失、职官邪正,有关国计民生利害者,均由该院上报皇帝及时纠正。重大刑事案件,刑部需会同都察院、大理寺公审定案。

十月秋高气爽,正是京城一年当中最舒服的时候,这一年的陈廷敬很忙,本职和虚职一起忙的那种忙,忙到家中大小事务几乎无法顾及,忙到家中王夫人跟他提及时他才注意到一件事。

"隔壁张先生家被盗了。"这一日陈廷敬刚刚给康熙帝做了日讲,虽然程序上早已习惯,但事前的内容思考、讲经过程中皇帝的提问等还是耗费了他很大的心力:他既要在日讲当中把理论讲明白,还要在其中有目的地把自己要说的东西加进去,且不能出纰漏。这是一项难度非常高的工作,他也不能求助于同僚——之所以要用不同的人来进行日讲,本身就是要让皇帝看到不同的观点——假如大家说的都是一样的话语一样的理论,是要遮蔽言路,蒙蔽圣聪吗?说得再严重些,这比妄测圣心、揣测圣意更严重,这是要塑造皇帝啊,谁敢这么干?另外,康熙帝是一个足够聪明、足够坚毅、学识足够渊博并且经验足够丰富的皇帝,他的问题不只针对理论。或者说正因为康熙帝的经验足够丰富,所以如果对实操方面的细节不熟悉的话,是无法让皇帝满意的。因此要讲解一个概念,准备例子要花更大的工夫。

听到妻子的话,陈廷敬并没有很大的反应,"嗯"了一声之后便接过妻子递来的热毛巾,敷在脸上,身子一抖,明显地放松下来。

王氏看着他疲累的模样,眼中掠过一丝心疼,但她还是要把话说完。

独持清德 陈廷敬

"这是这个月周边人家被偷的第三起了。上个月一起,上上个月还有一起。"

"嗯?"陈廷敬放下了毛巾,"案子没破?"

陈家作为地方大族,当年陈廷敬入京赶考之时就已经在京城买了一座小宅子,之后陈廷敬金榜题名,却也没换住处。直到陈廷敬离京返乡三年后再次入京,又有了实职,才搬到一处稍大一些的宅子。之后陈廷敬入值南书房,简在帝心,又步步高升,历任各部,甚至就在这一年初还从礼部左侍郎调任吏部左侍郎管右侍郎事,已经成为毫无疑问的朝廷重臣,但他却没有搬家。北京城东富西贵,南贫北贱,大部分满洲贵族都住在内城,但陈廷敬不愿意和部分满族大臣住在一起,还是愿意和周边的那些富户住在东城。

陈廷敬觉得不对劲的地方也正在于此。京城东边靠近通惠河,当年北京城从南方运来的大宗货物一般都是走水路,也就是通过京杭大运河向北京运输的。这通惠河从外城的东便门汇入护城河,流经的第一个内城城门就是崇文门。这崇文门是离城东最近的一个门,便成了大清国掌管税收的税门。南来北往的船都要经过这里,当年的漕运码头那真是一片繁忙,为了上货卸货方便,很多大商贾都搬到东边来住。在城东的位置,建筑物都是一条条的,很有规律,并且还有些大面积的建筑群,这些建筑群多为当年的大型仓库。因此,城东成了所有商人的必经之处。这有钱的商人越来越多,久而久之就成为商人聚集之地,故就有了"东富"的说法。话说财可通神,富人居住区本来就是日常官吏巡查的重点,而且家中有钱,怎么也会注意安全,所以重大案件稀少,日常盗窃也不常见,怎么会连续出现这么多起入室盗窃案件呢?

王夫人回答道:"没破。我让人打问了一下,除了张先生家,还有并州王家的两个嫡系,以及河北梁家和湖北钱家。"

陈廷敬思考着点点头,不再出声,王夫人也很默契,没有继续这个话题。

第二天,陈廷敬差人取来了巡捕营的报案记录,一条条审阅。跟随着卷宗来的巡捕营南营头司有些摸不着头脑,低声询问郎官:"这陈侍郎今日突然要我营的报案记录干什么?"

吏部郎官摇摇头。吏部素来被称为"六部第一",吏部尚书又称"天官",因为掌握着天下官吏的官帽子,这里的人员自然心高气傲得很,根本看不上巡捕营一个区区头司。直到这个头司偷偷递过一个礼包,他用手捏捏,才漫不经心地说了一句:"可能是侍郎大人有心调整你们巡捕营?毕竟,这是吏部。"

头司一听大喜,暗觉有理:吏部的日常公务与巡捕营毫无关系,调案卷肯定不是为了案子,那就是要品评官吏了。虽然不知道自己是哪里入了侍郎大人的法眼,但这必然是一桩好事,他顿时喜笑颜开,再次伸手拉住郎官的衣袖,低声说道:"大人贵姓?"

显然郎官和他想到一块儿去了,脸上带了一丝笑模样:"不敬，免贵姓刘。"

头司："下官赵准。刘部郎，今日可有空闲，下官略备薄酒，不知能否赏光出席？"

刘郎官也不客气，拱了拱手道："那便叨扰了！"

"蓝靛厂火器营，住着宋老三一家，两人没生出儿子，只有一个女儿，捧在手里怕飞了，含在口里怕化了，今年芳龄十六，正是女俏出彩、多家求纳之时，却不想被当地的一个地痞吴六儿看上，也上门提亲。

"宋老三是一个篾匠，手艺不错，但惹不起这个地痞吴六儿，却也绝不愿意就这样把女儿嫁过去，那无异于送羊入虎口。于是就想了一个歪招，谎称自己的女儿得了怪病，见不得风，也见不得日光，所以要在家中专心养病，要等病好了才能考虑婚姻大事。在他想来，凭是吴六儿如何无赖，对一个病人总不会那么感兴趣了吧！更何况，要是吴六儿还要纠缠，索性就真把女儿在家中多养上两年，岁数一大，自然就没有那么强的吸引力了，到时候顶多给女儿选一个岁数大点的夫君——他们这样的人家，也不会想什么飞黄腾达的美事，所求的，无非就是一个良人有心、人品有力的女婿罢了。

"事情本来也差不多就该如此过去了，但世间事无巧不成书，女儿大莲在家中待了两个月，实在憋闷，一日趁着宋老三夫妇二人有事，竟然偷偷溜出家门，上街逛了一圈。说起来也没做什么出格的事情,就是流连市井而已。这倒也不难理解,黄花闺女,最是喜欢热闹,甚至除了在天桥看把式的时候打赏了两个钱,就只买了一串糖葫芦,钱都没花多少就回了家,然后就又好长时间没再出门。"

陈廷敬听着家中下人的回话,也没打断,只是提问:"可是吴六儿看到了?"

下人回话:"老爷明鉴,确实如此。"

"当日那吴六儿也在天桥。不是他闲着无聊,而是他的营生就是偷、盗、骗、抢,身边纠集着一伙人。外地来的卖艺的要给他坐地钱。看到落单的外地人就假装老乡,带着人家找同乡会馆,然后要买路钱。还有就是下手偷钱,被事主发现了就改成明抢,事主敢反抗就动手殴打,甚至还闹出过人命官司。"

陈廷敬眼光一亮:"此事可确实?"

下人说:"苦主还没有找到,但此事天桥边好多人知道,细节也都对得上,应该是真的。"

陈廷敬:"嗯,继续。"

下人接着说:"那吴六儿正在天桥,看到了出来的大莲本还不敢信,毕竟宋老三言之凿凿说女儿病重,甚至把所有上门求亲的人都拒绝了,这对她闺女的名声打击很大,谁会这么干啊?所以他派了个人跟着大莲,想着不能把大莲娶到手,把这个和大莲长相相似的姑娘娶回家也不错。便让手下跟着姑娘,记清楚住的地方,回来告诉他。他准备认识新的丈母娘了。"

独持清德 陈廷敬

"可谁知跟着的手下回来说了地名之后,吴六儿就气坏了,他确定这个女孩就是大莲。他就知道宋老三是不想和他结亲,所以宁愿自损八百,也要绝了他的念想。他气急了,当时就喊:'宋老三,你不是宁愿坏了闺女名声也要绝了我这门亲事吗?好,我就让你名声好好地坏一坏。'然后没多久,蓝靛厂附近就流传了一首调子。"

陈廷敬:"调子?"

下人拿出一张纸递给陈廷敬:"就是这首。"

桃叶儿尖上尖
柳叶儿就遮满了天
在其位这个明阿公
细听我来言哪
此事哎出在了
京西蓝靛厂啊
蓝靛厂火器营儿
有一个宋老三
提起那宋老三
两口子落平川
一辈子无有儿
所生个女儿婵娟哪
小妞哎年长一十六啊

取了个乳名儿

姑娘叫大莲

姑娘叫大莲

俊俏好容颜

此鲜花无人采

琵琶断弦无人弹哪

奴好比貂蝉思吕布

又好比阎婆惜坐楼想张三

太阳落下山

秋虫儿闹声喧

日思夜想的六哥哥

来到了我的门前哪

约下了今晚这三更来相会

大莲我羞答答低头无话言

五更天大明

爹娘他知道细情

无廉耻的这个丫头哎

败坏了我的门庭啊

今日里一定要将你打呀

皮鞭子沾凉水

我定打不容情

大莲无话说

独持清德 陈廷敬

被逼就跳了河
惊动了六哥哥
来探清水河呀
亲人哪你死都是为了我
大莲妹妹慢点儿走
等我六哥哥
秋雨下连绵
霜降那清水河
好一对多情的人
双双就跳了河呀
痴情的女子这多情的汉
编成了小曲儿来探清水河
编成了小曲儿来探清水河

陈廷敬冷声说道:"言语如刀,人言可畏啊!"

下人应声说道:"谁说不是呢,这歌传出来没多久,那大莲就真的跳了河了。宋老三不服,告上衙门,结果顺天府尹不受,巡捕营不受,说是童谣无忌,查无实据。之后吴六儿还上门送过一次奠仪,说是没有夫妻之缘,但毕竟相识一场,希望大莲路上好走。宋老三当场就和他们起了冲突,然后就被打成了重伤,卧床不起。当夜宋老三的媳妇就上了吊,等周边邻居发现不对时,宋老三也自寻短见了。"

陈廷敬说道："这是灭门，难道巡捕营和顺天府也没做些什么?"

下人说道："小人去询问的时候，大家都说宋老三头七那天，邻居们凑钱给送了葬，回来的时候看见吴六儿正请巡捕营的好几个头司在饭庄喝酒。"

康熙二十三年以来，京畿重地"盗窃公行，居民不得安静"。但具体由哪一部门主管此事，朝内意见不一。

陈廷敬就任左都御史后上奏皇帝："盖番役在捕营，未必尽得其用，若令五城司坊兼辖，则臣等严饬，使察拿盗贼不法等事，可使人各尽其力。"（《康熙起居注》）

赵准再次来到吏部递交档案，接待他的还是上次的那位刘郎官。

赵准不无苦涩地说："刘兄，侍郎下的好大一盘棋。"

刘郎官摇摇头："不能叫侍郎，该叫陈都御史。"

赵准长叹一口气："当日还以为是侍郎要在我们这里提拔几个官出来，却没想到是要把自己调动进来。"

刘郎官脸色一肃："雷霆雨露俱是君恩，怎敢妄议上官!"

赵准一惊，连连应声："是，是，是。陈宪台高瞻远瞩，雷厉风行，他一来，整个京畿肯定很快就风清气正，海晏河清了。"

刘郎官："你也别在这里阴阳怪气了，还是想想怎么擦屁股吧。"

赵准一愣："刘兄此话何意？"

刘郎官一笑："马上你就知道了。"

三天后，康熙帝同意了陈廷敬的意见，决定今后北京城内的缉拿盗贼事宜，由巡捕营的番役和五城御史共同辖理。

得到消息的巡捕营两位参将大骂出声。这很好理解，管理权就是权力，管理权被分走一半，也就意味着手里的权力被分走了一半。虽然五城御史加起来只有十人，但权力被分走，就意味着很多事情不能办了，自然地，很多利益也就消失了。据说当天上面的巡捕营提督甚至放出话来，谁得罪了陈总宪，让他老人家把目光放到了巡捕营来，谁就趁早自己抹了脖子，省得最后被找出来，我让他生不如死。这话一出，赵准心里凉飕飕的，或者更多的巡捕营上下官员心里都凉飕飕的。

一个月后，陈廷敬带着打探消息的那个下人来到了蓝靛厂火器营，站在宋老三家门外，看着风吹破门，听着破门相撞的声音，一动不动。下人有些不安，上前低声说道："老爷，就是这里了。但宋老三一家子都没了，家中器物，邻居操办了丧事后也都搬走了，这里也没啥可看的了。咱，回吧？"

陈廷敬叹了口气说："小四，你说，这事咱们有没有责任？"

小四愣了一下说："咱们？要不是咱们在背后使劲，把吴六儿和与他相好的几个巡捕营的头司都拿下了，宋老三一家可就算是白死了。老爷，咱们不但没责任，还有功呢！要是宋老三地下有知，一定给咱磕几个响头，谢谢咱们给他们报了仇。"

陈廷敬摇摇头说："升斗小民，辛辛苦苦一年不过挣几个活命钱，还要拿出来给朝廷上税缴赋。所求的无非是遇到坏人能有人出来给他们主持公道，可结果是那个本该主持公道的人和坏人合起伙来收拾你、陷害你，你心中可还会有感激？"

小四听不懂，张大了嘴："啊？"

陈廷敬说："尔俸尔禄，民脂民膏，下民易虐，上天难欺，五代孟昶亡国之君尚且能明白的道理，这些人怎么就不明白呢？"

小四还是张大着嘴："啊？"

陈廷敬从袖中抽出一卷纸，递给小四说："就在门前烧了吧！"

小四接过："老爷，这是？"

陈廷敬说："这是吴六儿的判词。"

宋老三一案，实际上证据已经没有了，但老话说"多行不义必自毙"，吴六儿身上背着的案子实在是太多了，一旦没有了庇护，罪行是怎么都遮掩不住的，因此很快就被定了"斩监候"。陈廷敬顺藤摸瓜，把好几个号称能"罩着"吴六儿的顺天府捕快和巡捕营头司也拿了下来。说起来好笑，这些人平常在街面上一副横行无忌的样子，实际上不过是沉沦下僚，好几个甚至是连个官身都没有的帮役。

但这也引发了陈廷敬的思考，其实大官们要贪或者说要与

独持清德 陈廷敬

民争利的话,眼光也不会放到升斗小民身上,恰恰是这些胥吏蠹役,直接面对着老百姓,却又披着一层官皮,他们一旦恶起来,手段之卑劣、心思之阴毒往往超出想象,而老百姓甚至绕不过、躲不开。所谓底层互害,最是伤人。

此事之后,陈廷敬对北京城内的"地方民生利弊莫不留心访察",访察后发现存在的问题很多,便亲自撰写了《严饬禁剔病民十大弊,以靖地方,以安民生事》,作为都察院的堂示,于康熙二十四年八月予以发布。

所列举的"十大弊",既包括了盗窃、抄抢等刑事犯罪,也包括了赌博等社会不良习俗和民事纠纷;既涉及民间犯罪,也涉及官吏的不良官风。尤其是对地方官吏的种种不法行为,堂示中揭示甚详。所举十大弊中,有关衙门胥吏的就有两弊。其中"禁诬扳"一弊指出:"每见地方失事,审快四出蹝缉。或得一盗,不问真假,先以非刑拷打,授意供扳,择人而食,谓之教点。不报真名实姓,止供外号排行。纠党行拿,排闼入户,掠其财资,辱其妻女,诬盗诬窝,蔓引株连。真盗尚无的据,平良早受奇殃。肆毒若斯,真堪发指!"

在"禁蠹役"一弊中,陈廷敬进一步指出:"每闻积习巨滑,必借衙门为护身符。是以剔奸除恶之途,反为丛奸薮恶之地。近见城营司坊等衙门,番役总甲皂头人等,积年巨蠹,盘踞衙门,崔捕贼盗依此辈为泰山,蓬荜小民畏此辈如猛虎。逢时遇节,宴请馈遗,则违条大事曲为庇护;微嫌小隙,不谙弥缝，则清白良民诬为逃盗。凡窝盗盗线，城市多事，莫不由此辈而生。"

从以上的事件中我们可以看出，陈廷敬做事情不仅出发点比普通官僚要高一截，而且很有一套方法。把衙门人员诬良民为盗、严刑逼供、任意株连、趁机强掠、通盗、窝盗的种种不法行为，揭示得非常彻底，从而找到了北京城内盗贼横行的根本原因。

揭示了这些弊端，陈廷敬才终于舒了一口气。

独持清德 陈廷敬

七、君子藏器于身

从康熙八年首次擢升，任国子监司业、内弘文院侍读开始，独特的素质成为陈廷敬仕途上良好的助推器。与康熙"千古一帝"的宏伟事业相辅相成，陈廷敬政治生涯的前半段时期完美地契合了"大势"。

鳌拜乱政时期激烈的满汉"理念"之争，让秉持着"儒家"

理念的"汉化"代表们纷纷走上前台，陈廷敬便是其中之一。三藩乱起，陈廷敬于康熙十二年充任武会试副考官、武殿试读卷官，负责为国家选拔军事方面的人才。

康熙十四年，在担任翰林院侍读学士、日讲起居注官的同时，他又担任了詹事府詹士。主要职责是掌管皇后、太子的家事。

到康熙十七年，吴三桂在衡州（今湖南衡阳）登基称帝，曾经退出矛盾主流的"满汉"之争忽然间又呈现出了死灰复燃的情况，汉人的身份敏感起来。但不幸又幸运的是，康熙十八年陈廷敬的母亲逝世，陈廷敬回籍葬母，丁忧守制。当他守制期满，在康熙二十年重新回到官场的时候，恰恰这一年冬清军攻破昆明，吴世璠自杀，三藩平定。矛盾消失了，一切又平静下来。

陈廷敬不断地升职、升级、加衔，除担任经筵讲官、都察院左都御史、工部尚书之外，还担任了《三朝圣训》《政治典训》《平定三逆方略》《皇舆表》《一统志》《明史》的总裁官。这其中，典籍的总裁官是有象征意味的。之前曾担任这些重要典籍总裁官的是明珠、徐乾学、高士奇这样赫赫有名的大人物，都是康熙的心腹之臣。换句话说，到此时，陈廷敬几乎已经迎来了自己职业生涯的高光时刻。

但是，我们都知道，世界上哪里有真正的一帆风顺呢？欲戴王冠先承其重，成大事的人必定会遇到对手。或是利益之争，

独持清德 陈廷敬

或是职位之争，又或是品性不合、三观不同，总之会遇到各种各样的对手。而要一直往前走，便要和这些对手抗争，解决这些困难。陈廷敬自然也不例外。

他首先遇到的对手，便是康熙朝前期最庞大的政治集团的首领：明珠与索额图。

通常讲到康熙朝的权臣，明珠与索额图必然首先被提到。他们掌握了巨大的权力，也取得了巨大的成就。而且他们以个人为中心成立了巨大的势力集团，两大集团在各个领域争夺利益，力度大，层次高，持续时间长，以至于如果不是面对康熙这样的政治斗争高手，他们几乎有能力重现唐末"牛李党争"、架空君权的局面。

在这样的政治倾轧之下，朝中各个级别的官员几乎难以避免"站队"的情况——作为权力运行的一环，保持中立不站队，不会得到双方助力和拉拢，只会迎来双方共同的打压。这一点，历史上血腥残酷的权力斗争早已经向我们展示过了。

陈廷敬的作风可用"清、慎、勤、廉"四个字概括，其中"慎"不仅是"谨慎"的意思，它的根源是儒家理念中很重要的"慎独"。"莫见乎隐，莫显乎微，故君子慎其独也。"这段话是说君子即使在一个人独处的时候也要保持谨慎，就像是在被很多人看着一样。这个解释不能说不正确，但与儒家学说的本意还是稍有距离。《说文》中解释"独"曰："犬相得而斗也。从犬蜀声。羊为群，犬为独也。"

为什么把两条犬放在一起，它们会相斗呢？因为犬类有领地意识，这块地方是我的，不是你的，这是先贤们在创造"独"字时想表达的意思。用现代的话说，就是"自我意识""自主意识"。这其实是一个客观存在的自然事实，是人成长到一定岁数之后自然会出现的东西。

再来看看"慎"是什么意思。《说文》中提到："谨也。从心，真声。"这个意思就很明显了，是"无违吾意"的意思，那是什么"意"呢？答案就是"仁"。

所以"慎独"的核心概念就是"择善固执"。

这一番话想说的是：陈廷敬作为经学大家，他的世界观就是如此，对原则有所坚持，对意义非常坚定。这个世界在他眼中是有值得为之付出的大的"价值"存在的。在这样的原则指引之下，他对某些行为的厌恶程度可想而知。

逾越了"礼"，也就是"规则"的行为，他一定会奋起反抗。而政治集团，在运行良好的政治体制下，必然伴随着对规则的破坏。假如加入了团体，还是需要完全遵守规则，并且只能获得应得的利益的话，那直接遵守规则就好了啊，干吗还要加入这个团体，在身上多加一层束缚呢？

陈廷敬与明珠集团和索额图集团之间的冲突，可以说是双方之间的互相攻击波及到了他，但其实从旁观者的角度来看，冲突实际上是不可避免的。

冲突的种子，其实在康熙十四年就埋下了。

独持清德 陈廷敬

那一年,陈廷敬成为两岁的太子胤礽理论上的属下,詹事府詹士。

从陈廷敬的角度看来,这是皇帝对自己的一种信任和重托。中国人对教育孩子一直都非常重视,所以提供给孩子的总是自己拥有的最好的资源。这个最好,指的不仅是技术上的,也是道德上的。而皇帝的选择范围是全国,所以从某种意义来说,陈廷敬是皇帝认为的全国最有道德、最有学识的人,最起码是最有道德、最有学识的人之一。

可同样的,走到太子身边,也是某种意义上的站队。这点毋庸置疑。"潜邸"时的旧人,本来就是官员"资历"当中最硬的通货。能够带来这么大的利益,必然就要面对众多的觊觎。陈廷敬人品学识在此时已经有口皆碑,后来李光地曾说:"泽州之慎守无过,后辈亦难到。"《郎潜纪闻》中说他"处脂不染,清操肃然"。能有这么高的评价,是因为他本身素质过硬,"守官奉职,退轵闭门,不愿妄从流俗交游,朝士多不识其面"。下了班就回家,不在外面应酬,很多同事甚至不认识他。

但即使个人修养如此无懈可击,来自针对"职位"本身的攻击还是出现了。

太子有党。在明珠、索额图两大集团当中,索额图是太子党。

清崇德元年,索额图生于盛京(今辽宁沈阳),为满洲正黄旗人,赫舍里氏。

独持清德

爱新觉罗·胤礽（1674—1725），清朝宗室，是清朝唯一正式册立的皇太子。乳名保成，清圣祖玄烨第二子，母为仁孝皇后（孝诚仁皇后）赫舍里氏。除康熙早殇诸皇子外，序齿为皇次子。因其胞兄、嫡长子承祜幼殇，所以胤礽刚满周岁时便被确立为皇太子。

索额图为皇太子生母孝诚仁皇后的叔父。他们之间是"血"的关系。因此索额图是天生的太子党。

而明珠是皇长子胤禔的外叔公，他是大皇子胤禔党。

对这个问题，有争议，其中重要的一点是，明珠势败罢相时，胤禔还仅是一个十五六岁的孩子，十年后才受封为多罗直郡王，而此时的明珠早已成为一位名副其实的失宠"闲臣"。意思是说明珠在当权时不可能支持十年后的"竞争者"，而有明确支持目标时，他又失去了支持的能力。

这个说法，其实有些想当然了。生在皇家，天然便要争。那把椅子，代表的东西太多，没谁敢冒着失去它的风险而把希望寄托在竞争者的良心上。竞争失败当然下场很惨，但就算不竞争，难道会有什么好下场吗？君不见煌煌史书，又有几个皇帝的兄弟得以善终！对皇帝来说，孤家寡人是必然的选择，流淌着相同血脉的"兄弟"正是帝位最大的威胁来源，卧榻之旁岂容他人鼾睡！

既然竞争是天然选择，那么要等得到"预备役"身份再开始争夺就是个玩笑了。即使参与者（诸皇子）本身没有这个意

独持清德 陈廷敬

愿或者实力，围绕在他们身边的人也会积极准备，鼓舞怂恿，对这些人来说，这是"从龙之功"，他们的支持者一旦登上大位，他们就变成了"潜邸旧人"，可以想象到这样的利益会带来多么大的热情和动力。

更何况，与索额图和太子之间的关系相似，明珠与大皇子之间，也有"血"的关系。

胤禔的母亲乌拉那拉氏，虽然最初只是庶妃，地位一般。但在生下皇子后，深得康熙宠爱，地位直线上升，最后被册封为惠妃，为康熙四妃之首，在后宫妃嫔中的地位仅次于皇后。

惠妃出自纳兰一族，惠妃之父为索尔和，索尔和为末代叶赫贝勒金台吉之子德尔格尔的次子，而明珠之父是金台吉之子尼雅哈，即明珠与索尔和是同祖父的堂兄弟。明珠和惠妃是叔侄关系。顺便说一句，在电视剧《康熙王朝》中，将惠妃和纳兰明珠描写为亲兄妹，胤禔是明珠的亲外甥。这种说法是不对的。

人与人之间一共有三种关系：血缘关系，经济关系和性关系。血缘关系是人类最基本、传承最久远，也是最牢固的一种关系。这就是为什么在皇朝当中，外戚一直都是一股巨大的力量，即使在民间，娘家强大，媳妇说话腰杆子就硬。所以，明珠集团与索额图集团之间斗争的一个核心，就是太子。

那么，作为太子属官的陈廷敬，天然地就是明珠的敌人了。

这里有明确的例子，即汤斌。

独持清德

汤斌（1627—1687），字孔伯，号荆岘，晚号潜庵，河南睢州（今河南睢县）人，清初著名的清官和理学名臣。康熙十八年，授翰林院侍讲，入明史馆参与《明史》纂修。康熙二十五年，奉旨升礼部尚书，为皇太子之师。康熙二十六年十月卒于京中邸舍，享年六十一岁，乾隆元年追谥"文正"。

汤斌被皇帝委任为"老师"，这个老师应该不是正式的官职，东宫三师中的"太子太师、太子太傅、太子太保"与东宫三少（前者辅官，太子少师、少保、少傅）会在正式的记录中留名，但这一时期汤斌的官职中并无此记录。当然，清代的三师三少名义上是太子老师，实际上是太子的辅佐官，大多不掌教育之事，后期更是连辅佐任务都没有，纯是荣誉衔——比如清代雍正始密储，不立太子，但也有东宫三师三少，可见已是完全与"太子"无关。

汤斌本人是一个清廉的官员，在江西，因为汤斌日食必有一块豆腐，因而他有一个看似戏谑、实为敬重的外号——"豆腐汤"。据说，他每日只买一点青菜、豆腐，鱼肉荤腥概不入衙署。台湾著名史学家高阳先生所著《清官册》，首推汤斌为康熙盛世清官册上的第一名，真正"清朝第一清官"。

但他更为人所知的是其能力和名声。康熙二十三年，迁任内阁学士，同年担任江宁巡抚。康熙二十四年，汤斌呈上奏章说：苏州、松江土地狭小，人口稠密，可是承担着大省百余个州县的赋税，百姓的财力一天比一天困乏。恳请皇上将苏州、

独持清德 陈廷敬

松江的钱粮照征收标准减少一二成。淮安、扬州、徐州三府再次遭受水灾,汤斌按条目列出减免赋税的事项,请求朝廷拨发五万两银子,从湖广购米赈济灾民。还不等诏令回复,汤斌就前往各州县视察救灾的情况。朝廷获悉汤斌的禀奏后,康熙帝命令侍郎素赫协助他办理救灾事务。常州知府因为对属员失察被降职调任别处,汤斌了解到他很廉洁,就奏请让他留任。康熙帝特别下旨,允许照办。汤斌命令各州县建立社学,讲解《孝经》、小学,禁止妇女四处游荡,官府小吏、市井倡优不准穿皮衣和丝织品,焚毁不健康的书籍。苏州城上方山有座五通神祠,已有数百年。远近的人都争相前往。年轻女子生病,装神弄鬼的人就说五通神要娶她做妻子,生病的女子常常病死。汤斌没收五通神的塑像,木雕的就烧掉,泥塑的就沉到水里,并下令各州县凡有类似的祠堂全部毁掉,卸下原来的材料修建学校。

这样的官员,可想而知他的民望会有多高。康熙二十五年汤斌将前往京城,苏州百姓哭泣挽留未成,停市三天,拦路烧香为他送行。

明珠不愿意太子得到更多的政治资源,攻击了汤斌,使用的罪名是:汤斌在苏州发布文告中有"爱民有心,救民无术"之语,是对朝廷的诽谤,康熙帝传旨责问。

这之后不久,汤斌染上重病,于康熙二十六年十月十一病逝于工部尚书任上,终年六十一岁。尤为可惜更可怖的是,康熙一直误解汤斌,以为汤斌对他存有不满,竟没有厚葬汤斌。直到四十五年后,即雍正十年方得昭雪。

《清史稿·明珠传》对此记载:"索额图善事皇太子,而明珠反之,朝士有待皇太子者,皆阴斥去。荐汤斌傅皇太子,即以倾斌。"明珠能做到这一切,是因为他本身很有能力。还因为他能够跟上皇帝的步调。

《清史稿·明珠传》:

> 明珠,字端范,纳喇氏,满洲正黄旗人,叶赫贝勒金台石孙。父尼雅哈,当太祖灭叶赫,来降,授佐领。明珠自侍卫授銮仪卫治仪正,迁内务府郎中。康熙三年,擢总管。五年,授弘文院学士。七年,命阅淮、扬河工,议复兴化白驹场旧闸,凿黄河北岸引河。旋授刑部尚书。改都察院左都御史,充经筵讲官。十一年,迁兵部尚书。十二年,上幸南苑,阅八旗甲兵于晾鹰台。明珠先布条教使练习之,及期,军容整肃,上嘉其能,因著为令。
>
> 康熙初,南疆大定,留重兵镇之:吴三桂云南,尚可喜广东,耿精忠福建。十余年,渐跋扈,三桂尤骄纵。可喜亦忧之,疏请撤藩,归老海城。精忠、三桂继请。上召诸大臣询方略,户部尚书米思翰、刑部尚书莫洛等主撤,明珠和之。诸大臣皆默然。上曰:"三桂等蓄谋久,不早除之,将养痈成患。今日撤亦反,不撤亦反,不若先发。"因下诏许

之。三桂遂反,精忠及可喜子之信皆叛应之。时争咎建议者,索额图请诛之。上曰:"此出自朕意,他人何罪?"明珠由是称上旨。

十四年,调吏部尚书。十六年,授武英殿大学士,屡充《实录》《方略》《一统志》《明史》诸书总裁,累加太子太师。迨三叛既平,上谕廷臣以前议撤藩,惟明珠等能称旨,且曰:"当时有请诛建议者,朕若从之,皆含冤泉壤矣!"

明珠既擅政,簠簋不饬,货贿山积。佛伦、余国柱其党也,援引致高位。靳辅督南河,主筑堤束水,下游不濬自通。于成龙等议濬下游,与异议。辅兴屯田,议者谓不便于民,多不右辅,明珠独是其议。蔡毓荣、张汧皆明珠所荐引者也,迨得罪按治,恐累举者,傅轻比,上谕斥,始定。与索额图互植党相倾轧。索额图生而贵盛,性倨肆,有不附己者显斥之,于朝士独亲李光地。明珠则务谦和,轻财好施,以招来新进,异己者以阴谋陷之,与徐乾学等相结。

康熙初年,纳兰明珠担任侍卫、治仪正,不久后升迁为内务府郎中,康熙三年被提拔为内务府总管,成为宫廷事务的最高长官。康熙五年任弘文院学士,开始参与国政。康熙七年,纳兰明珠奉命与工部尚书马尔赛调查淮扬水患,商议修复白驹场的旧闸口,凿开黄河北岸河道引流。不久后,纳兰明珠被任命为刑部尚书。康熙九年加封都察院左都御史,担任经筵讲官。

康熙十一年改任兵部尚书。康熙十二年,皇帝到南苑晾鹰台巡视八旗兵,纳兰明珠提前颁布教条训练士兵,等到检阅之日军容庄严整齐,康熙因此非常赞赏他的才能。

康熙初年南疆安定后,吴三桂驻守云南,尚可喜驻守广东,耿精忠驻守福建。十余年来三藩飞扬跋扈,吴三桂尤其骄横。尚可喜因为顾虑吴三桂的势力,上疏康熙皇帝请求撤藩,自己告老还乡。耿精忠、吴三桂随即附和上疏。康熙召集大臣商议,户部尚书米思翰、刑部尚书莫洛主张撤藩,纳兰明珠也赞同,然而大臣们多数沉默不语。皇帝称:"吴三桂等人蓄谋已久,如果不尽早除掉将养虎为患。如今撤藩会反,不撤也会反,不如先发制人。"随即批准吴三桂等人撤藩的奏疏。吴三桂当即起兵反叛,耿精忠和尚可喜的儿子尚之信也举兵响应。当时朝中对于三藩造反之事争议不断,大学士索额图请求处死倡议撤藩的人,被康熙拒绝,称:"这是朕的旨意,他们何罪之有?"待到三藩平定,康熙对大臣们说:"之前商议撤藩,只有明珠做事符合朕的想法。"并称,"当时有人建议诛杀倡导撤藩的大臣,朕若是听信了他们,就让忠臣含冤九泉了!"明珠从此成为皇帝倚重的大臣。

康熙十四年,纳兰明珠调任吏部尚书。康熙十六年被授予武英殿大学士,期间担任《实录》《方略》《一统志》《明史》等重要皇家著述的总纂官,不久后加封太子太师,权倾朝野。纳兰明珠成为朝廷重臣后独揽朝纲,表面上为人谦和,实际利用

独持清德 陈廷敬

康熙皇帝的信任结党营私，甚至贪污纳贿。

康熙十六年，靳辅担任河道总督，只在上游修筑堤坝约束河流，任下游自行畅通。于成龙等人建议也要疏通下游，与靳辅产生分歧。康熙皇帝以"便民""不害百姓"为由认可于成龙的观点，而纳兰明珠却坚持己见，称："虽然于成龙为官清廉，但治水之事没有太多经验。靳辅担任河道总督很久了，而且治河有功，应该听从靳辅的建议。"由于双方各执己见，致使康熙亲立的疏浚下河工程历时两年也未完工。

在朝中，纳兰明珠与索额图因不和而相互倾轧。索额图生性乖张，朝中有不依附自己的大臣就立即排挤，与李光地关系亲密。纳兰明珠则为人谦和、乐善好施，擅于拉拢朝中新进，对政敌则在暗地里构陷，与徐乾学结成一派。当时索额图是太子党的成员，纳兰明珠就把朝中依附太子的人全都构陷排挤出去。

这样一个"颇能称心"的大臣，在文学方面的才能也很出色。这一点，除了他曾担任诸多皇家著述的总纂官能够证明之外，还有另一个证据：他的儿子，是纳兰性德。著有《通志堂经解》《侧帽集》《饮水集》《渌水亭杂识》的纳兰性德，"等闲变却故人心"的纳兰容若。能养出这样"最后一个词人"的人，文学素养可想而知。简单说，明珠除了家庭背景稍微逊色，几乎没有什么弱点。但明珠败了，在最巅峰时败了。虽然不是陈廷敬亲自下的手，但扣动第一下扳机的，却的确是他。

康熙二十年，四十四岁的陈廷敬于十月下旬返京，官复原职，仍任经筵日讲官、起居注官、翰林院掌院学士兼礼部侍郎，恩封通议大夫。

康熙是一个十分勤学的皇帝，康熙十二年《康熙起居注》中说：二月初七，上谕日讲官傅达礼等："人主临御天下，建极绥猷，未有不以讲学明理为先务，朕听政之暇，即于宫中批阅典籍，殊觉义理无穷，乐此不疲。向来隔日进讲，朕心犹然未惬。嗣后尔等须日侍讲读……"

意思是说隔一天进行一次的讲读要改成每天都要进行。事实上，在日讲的最初几年，每个月进讲都在二十次以上，这个数字已经很惊人了。后来，康熙还下旨把每年春秋季的进讲改为全年进讲，这么一来他几乎没有了空闲时间。

如此，身为"文学之友"的陈廷敬就有了大量的机会向皇帝传递某种观念。他多次在进讲中与康熙谈及"君臣关系"："上有尧舜之君，下有皋陶、稷、契之臣，明良喜起，都俞吁咈于一堂之上，后世如唐之太宗，致治几于三代之隆，必有魏征、房、杜之为其臣，故能成贞观极盛之治。"他的观点是，一定要先有明君，才会有贤臣出现，如果皇帝昏庸，那么贤臣也会远去。

陈廷敬又说道："人臣尽忠事主，岂得以希荣干宠为心？人君以礼使臣，固必有报德酬功之典。"意思是皇帝要尊重臣子，臣子才会觉得受到重视和激励，才能焕发干劲。

独持清德 陈廷敬

陈廷敬在此特别提到了"君子和小人":"小人巧佞回邪,以同利为党,乘权籍势,贪位固宠。需断然解之去,不使其为国家之患也。"

他反复地谈小人问题,显然不是泛指一切小人,而是针对当时朝内的具体人。康熙此时还没有意会到陈廷敬话中的含义。但当大潮来临时,堤坝上的裂缝便会扩大为缺口,进而冲垮一切。

康熙二十四年,陈廷敬任经筵讲官、都察院左都御史,管理京省钱法,且充任《政治典训》总纂官。

在这一年中,他上了一道《抚臣亏饷负国据实纠参疏》,实名揭发检举云南巡抚王继文,弹劾他趁平定三藩之乱之际"亏损国课几至百万之多",并且"侵没饷银已九十余万两"。这件事引起了轩然大波,因为除了王继文本身是封疆大吏,位高权重之外,他还是明珠的人。上疏中所提到的被侵没的"饷银"大部分也被送到了京中的明珠处。陈廷敬这次开炮,与明珠已经形成了正面冲突。

接下来陈廷敬举荐灵寿县令陆陇其、清苑县令邵嗣尧时,时任大学士的明珠就话外有话地说道:"这两个人廉而刚,刚易折,而且都是刺头,有股怨气,说不定将来会怨到你头上。"这已经是很明显的威胁。

此时明珠因为集团势力的壮大,气焰已经膨胀到不可一世的地步,与索额图二人几乎把持了官员的升降和朝廷财政的流向，"掌仪天下之政"，时人称呼为"明相国"。他开始卖官鬻爵，而且明码标价，已经完全不把制度放在眼里。

康熙二十六年冬，直隶巡抚于成龙（小于成龙）向康熙帝密奏："官已被明珠和余国柱卖完。"作为出色的政治家，对人事权力的掌控是本能，明珠动了这块蛋糕，引起了康熙的极大愤怒。

在一次经筵日讲上，康熙询问陈廷敬："你讲君子和小人，一定有所用心，不妨说说，你心中的小人是谁？"

陈廷敬回答："明相国。"

康熙冷冷地说道："大清从来没有相国一职。"

陈廷敬看火候已到，拿出了早就准备好的弹劾明珠的奏折，其中列举了明珠私自修改奏折、卖官鬻爵、揽权、贪腐、包庇等多项罪状。还具体附上从明珠手中买官的人员名单。接到了这样的消息，康熙甚至有些不敢相信，为了避免偏听偏信，他之后又去询问另一个心腹之臣，同样身为"文学之友"的高士奇。

康熙帝问高士奇："为什么没有人参劾？"

高士奇回答："人谁不怕死？"

言外之意，没有谁能扳倒明珠，反而会遭致明珠报复。

康熙不再出声。

高士奇与陈廷敬的性格不一样，他才华高，喜欢高谈阔论，于是将皇帝对明珠不满的消息走漏了出去。

独持清德 陈廷敬

康熙二十七年，御史郭琇上疏弹劾纳兰明珠结党营私、排斥异己。

《清史稿·明珠传》：

二十七年，御史郭琇疏劾："明珠、国柱背公营私，阁中票拟皆出明珠指麾，轻重任意。国柱承其风旨，即有舛错，同官莫敢驳正。圣明时有诘责，漫无省改。凡奉谕旨或称善，明珠则曰'由我力荐'；或称不善，明珠则曰'上意不喜，我从容挽救'；且任意附益，市恩立威，因而要结群心，挟取货贿。日奏事毕，出中左门，满、汉部院诸臣拱立以待，密语移时，上意罔不宣露。部院事稍有关系者，必请命而行。明珠广结党羽，满洲则佛伦、格斯特及其族侄富拉塔、锡珠等，凡会议会推，力为把持；汉人则国柱为之囊橐，督抚藩臬员缺，国柱等辗转徵贿，必满欲而后止。康熙二十三年学道报满应升者，率往论价，缺皆预定。靳辅与明珠交结，初议开下河，以为当任辅，欣然欲行。及上欲别任，则以于成龙方沐上眷，举以应命，而成龙官止按察使，题奏权仍属辅，此时未有阻挠意也。及辅张大其事，与成龙议不合，乃始一力阻挠。明珠自知罪戾，对人柔颜甘语，百计款曲，而阴行鸷害，意毒谋险。最忌者言官，惟恐发其奸状，考选科道，辄与订约，章奏必使先闻。当佛伦为左都御史，见御史李兴谦屡疏称旨，吴震方颇有弹劾，即令借事排陷。明珠智术足以弥缝罪恶，又有国柱奸谋附和，负恩乱政。伏冀立加严谴。"

郭琇（1638—1715），字瑞甫，号华野，墨县（今山东省青岛市即墨区）人。清朝康熙年间著名的清官。他为国为民，廉洁清正，勤勉干练，善断疑案，在地方任职期间，"治行为江南最"，很受好评。他不计私利，弹劾权奸，在"势焰熏灼、辉赫万里"的权臣面前毫无惧色，被称为"铁面御史"。

《清稗类钞》记载：

康熙间，山左名臣，自李之芳、董讷而下，实以郭瑞卿为最刚正。瑞卿名琇。当明珠柄政时，行为专恣，朝野多侧目。郭刚直性成，尝于明珠寿日，胪举其劣迹，列入弹章上之。旋复袖草疏，乘车至明邸，踵门投刺。明以其素倨强，来谒不易，肃冠带迎之。及入，长揖不拜，坐移时，故频频作引袖状。明喜问曰："御史公近来兴致不浅，岂亦有寿诗见赐乎？"郭曰："否、否。"探袖出视，乃一弹章。明取读未毕，郭忽拍案起曰："郭琇无礼，劾及故人，应受罚。"连引巨觥狂吸之，疾趋而出，座客大骇愕。未几而廷讯明珠之旨下矣。

康熙年间，山东有名的大臣，在李之芳、董讷以后，事实

独持清德　陈廷敬

上只有郭瑞卿最刚强正直。郭瑞卿名琇。明珠把持朝政的时候，行为专擅，无所顾忌，群臣都畏惧他。郭瑞卿性格刚强正直，曾经在明珠的寿辰之日，把他的劣迹陈列在弹劾他的奏章中上交给皇上。随即又把草稿放在了袖子里。郭瑞卿坐车到了明珠的府邸，走到门口把名帖递上去。明珠知道他向来性情倔强，来拜访很不容易，整理了冠带去迎接。郭瑞卿进来之后，只是打拱作揖，并不下拜，坐下一会儿之后，故意多次做牵拉衣袖的动作。明珠高兴地问："御史大人近来兴致不浅，难道也有祝寿诗来赐教我吗？"郭琇说："不是这样，不是这样。"从衣袖里拿出来一看，是弹劾他的奏章草稿。明珠拿过来还未读完，郭琇忽然拍案而起，说："郭琇没有礼貌，弹劾老朋友，应该受罚。"拿起大的杯子狂饮几杯，就赶快出去了。满座的宾客都十分吃惊。不久朝廷就下达了审判明珠的诏书。

《清史稿·明珠传》记载：

疏入，上谕吏部曰："国家建官分职，必矢志精白，大法小廉。今在廷诸臣，自大学士以下，惟知互相结引，徇私倾陷。凡遇会议，一二倡率于前，众附和于后，一意诡随。廷议如此，国是何凭？至于紧要员缺，特令会同推举，原期得人，亦欲令被举者警心涤虑，恐致累及举者，而贪黩匪类，往往败露。此皆植党纳贿所致。朕不忍加罪大臣，且用兵时有曾著劳绩者，免其发觉。罢明珠大学士，交领侍卫内大臣酌用。"未几，授内大臣。后从上征噶尔丹，督西路军饷，叙功复原级。

后世分析，明珠的倒台，经济问题是导火索，也是遮羞布。在康熙帝看来，明珠诸多罪名当中，最严重的其实是"动摇国本"，也就是攻击太子的行为。当然，因为太子本身确实有行为不检的问题，所以假如提出这个罪名，进行审判、辩论的过程中不免会把这些太子的错误公之于众，使他的威望受损。因此康熙决定把这部分罪名隐去。但无论如何，明珠自此一蹶不振，尽管没过多久明珠随康熙西征噶尔丹，随后官复原职，但此后二十多年没有再被重用。

"倒明"行动取得巨大成功，战略目的最终达成。在这场夹杂着私怨、公心、良知和投机的政治行动中，每个参与者都有所得。索额图打倒了最大的对手，郭琇一战扬名，高士奇固宠，徐乾学报仇，小于成龙立功，康熙帝护住了太子的声名。

《周易·系辞下》："君子藏器于身，待时而动。"

八、洗砚池边树

如果说与明珠、索额图集团的对抗，是基于多种因素，无法避免的"战斗"的话，那么，陈廷敬与熊廷弼、张玉书、张英、高士奇和徐乾学之间的关系，就是一场"竞争"。相比之下，没有那么直接，没有那么暴力，但同样不可避免，不可忽视。

明显可以看出，这样的竞争，有着明显的基于"身份"的特点。都是汉臣，都是"文学之士"。竞争的实质，归根结底，其实是大家在争夺"皇帝"，也就是康熙帝的注意力资源。

前面我们已经说过，满清入关之后，因为人口资源少，以小族而临大国，本身就存在着人才不够的问题。同样的，在鳌拜事件上体现出来的"组织制度建设"方面的冲突，实际上在康熙朝前期一直都存在。尽管在定鼎中原之后清廷提出了"清承明制"的说法，也通过一系列的政治斗争把这样的基本理念固定了下来，但是仍然有一些痕迹被烙印下来，甚至一直存续到王朝终结。

汉人不得拥有军队的最高领导权（所以陈廷敬能在各部流转，却一直不曾当过兵部尚书）。各部分工作的领导者都要有满汉之分，并且以满为主（各部均设满汉尚书，满尚书分管汉尚书）。儒家思想需要适应皇朝统治，而且是仍然保留部分"部族"特色的皇朝统治（不再有坐而论道，臣子见皇帝要三拜九叩，频繁掀起的"文字狱"）。

这些制度对于执政者来说是必然的，但仍会因为皇帝自身的资质和素质而有所变化。作为横亘康熙一朝而存在的"南书房"体系，他们每个成员客观上来说都是经历了战火之后的中原文明遗留精华的拥有者，他们的思想并不完全统一，但由于他们先天的对"稳定"的向往，以及由此衍生出的对"制度"的追求，不可避免地想通过对皇帝的影响把自己的想法变成种

独持清德 陈廷敬

种"政策"。而这样的"政策",随着时间流逝,变成了"祖制",也就是说,某种程度上,这些"文学之士"的思想和决断,对后世形成了巨大影响。从这点来看,他们彼此之间的"竞争",因为"目标物"的宏大,所以不会止歇。这种"竞争"也不会因为个人情怀的高尚与否、彼此之间的情谊深浅而有所改变。

从个人角度出发,这样的竞争,因为时间持续非常长,用运动来类比的话很接近"长跑"。在漫长的过程当中,除了出色的"爆发力",自身的"耐力"也同样重要。也就是说,不但要"能办事",还要"不出错"。

王士禛《池北偶谈》载:"康熙二十一年,广西巡抚郝浴疏请颁赐御笔'清慎勤'三大字,部议俞其请,遂遣官遍赐各直省督抚云。"

之后不久,康熙帝将御书"清慎勤"三字遍赐京师与各地衙门,其意义,就是希望这些官员将此作为工作作风。换言之,"清慎勤"是"康乾盛世"时期的为官之道,明确指出在这位帝皇心中,一个官员应该具备什么样的能力和品德才会被看重。

陈廷敬个人的素质,在这场漫长的竞赛当中,起到了决定性的作用。

康熙十年,三十四岁的陈廷敬任翰林院侍讲,转侍读,升侍讲学士。后世研究者普遍认为这是陈廷敬与康熙帝建立个人联系的开端。

我们结合着康熙朝的大事，可以判断这一点其实应该再向前推两年，也就是康熙八年。那一年，三十二岁的陈廷敬迎来首次擢升，从内秘书院检讨升任国子监司业，不久后还担任了"内弘文院侍读"的职务。为什么这么说呢？因为这时康熙击败了鳌拜，真正地掌握了权力。在这场政治风波之后，一定会伴随着"清洗"和"重组"，换句话说，这个时候被康熙收拢到身边的，一定是"自己人"。

陈廷敬在此之前的官职是内秘书院检讨，在康熙六年被加了一个《世祖章皇帝实录》的纂修官，说白了就是秘书处的一个秘书，并参与了某项图书项目。而从康熙八年开始，他变成了康熙的直属秘书，虽然当时他距离核心层还有几个级别，但从这时开始，他的"归属"明确属于"皇帝"。这是一切的开端。

正像我们说过的，康熙十四年立太子，而陈廷敬被选为詹事府詹士这件事，说明在这个时候，陈廷敬的个人品格和学识修养毫无疑问已经得到了康熙的认可，毕竟给皇太子选择辅佐官员，"才识"是前提条件，而"道德"才是根本。这些来自领导的认可，成为之后陈廷敬一步一步向上走的重要因素。

康熙十五年，授通议大夫。同年九月，升内阁学士兼礼部侍郎。这个礼部侍郎的官职，相当于现在的副部长，即使在中央官职序列里也已经是很高的职务了。并且与此同时，他仍然充任经筵讲官，意味着陈廷敬的立身之本仍然稳固。

独持清德　陈廷敬

但是，能够让我们认为陈廷敬进入了康熙的核心圈子的标志性事件，还是在康熙十七年。在这一年，陈廷敬仍任经筵讲官、日讲起居注官、翰林院掌院学士兼礼部侍郎，教习庶吉士。但关键的是接下来的两个任命：入值南书房和充纂修《皇舆表》总裁官。

我们要分析一下这一年，这一年在朝廷来讲，并不像其他年头那样发生什么惊天动地的大事，入关以来一直没有停止的军事行动已经到了尾声。

正月，吴三桂部队前锋韩大任从江西进入福建，占领汀州。不久降清。九月，郑军围泉州，被清军援兵分割夹击，攻漳州之军又败，损兵万余，只得退守厦门。十月，康亲王杰书、新任总督姚启圣从本月至次年五月，先后四次派员招抚郑经，劝其退回台湾，以澎湖为双方通商之地。郑经寸土不让，坚持以海澄为双方"往来公所"。和议再度失败。

康熙十七年，六十六岁的吴三桂在衡州（今湖南衡阳）称帝，国号大周，同年秋天病死，形势陡变，叛军无首，众心瓦解。其孙吴世璠继承帝位。清军趁机发动进攻，从此叛军一蹶不振，湖南、广西、贵州、四川等地逐步为清军攻陷。名义上还维持着"明朝"的军事力量已经只剩下台湾郑氏这一支，而且也已经被完全限制在福建沿海一带，可说是"癣疥之疾"。

而在皇帝的后宫，发生的最大事件是二月廿六巳时，皇后钮祜禄氏薨逝于坤宁宫，即孝昭仁皇后。

当然，从我们后世的眼光看来，这一年发生的最大的事情其实是十月三十寅时，庶妃乌雅氏生第十一子胤禛。乌雅氏即德妃、孝恭仁皇后。是的，这一年雍正帝出生。

康熙帝即位第十七年，真正掌握权力的第九年，国家终于有了一丝安定下来的样子，这对皇帝来说是很巨大的成就。在外部环境中间稳定下来，没有灾祸和威胁的情况下，康熙帝开始调整了自己的行政班子。早在前一年的康熙十六年，他就开始组建后世赫赫有名的"南书房"。

南书房是一个什么性质的机构呢？清王朝沿入关前的惯例，将儒臣在内廷的直庐，即办事处所，称作"书房"。顺治时曾设日讲起居官，康熙很赞赏设日讲官及宫内建直房的办法，但这种日讲轮值仍满足不了康熙加强皇权的要求。而且康熙十六年正是平定三藩叛乱战争处于最艰难的时期，需要进行大量重大而机要的文案政令议定活动。康熙帝需要有更亲近的大臣不时咨询，且博学善书，能帮助他处理政事。因此，几乎在设日讲官的同时，康熙也挑选了才品优长的汉族大臣入值内廷。

入值者主要陪伴皇帝赋诗撰文，写字作画，有时还秉承皇帝的意旨起草诏令，"撰述谕旨"。由于南书房"非崇班贵檩、上所亲信者不得入"，所以它完全是由皇帝严密控制的一个核心机要机构，随时承旨出诏行令。

我们更深入地了解，就会发现，南书房的成立，是康熙帝削弱议政王大臣会议权力，同时将外朝内阁的某些职能移归内廷，实施高度集权的重要步骤。康熙帝亲政以后，朝廷的权力受议政王大臣会议的限制，国家大事需经过议政王大臣会议，而这些满洲王公贵族地位较高，有时与皇帝意见发生矛盾，皇帝也不得不收回成命。此外内阁在名义上仍是国家最高政务机构，控制着外朝的权力，康熙帝为了把国家大权严密地控制在自己手中，决定以南书房为核心，逐步形成权力中心。

因此我们就不难理解，为什么在南书房的成员中，汉族官员占据了绝大多数。也可以想象，被选中的成员，必然是绝对的"皇党"。"择词臣才品兼优者"入值，称"南书房行走"。这里面的"品"，含义可不单指道德品质。

现在我们再来看陈廷敬，入值南书房，可以看出康熙帝是多么信任他了。在南书房成立的第二年，也是南书房正式开始有了明确职能的第一年，皇帝就把陈廷敬招了进来，陈廷敬的忠诚与才华完全得到了康熙帝的肯定。但必须要看到的是，在这个时期，陈廷敬并非排名第一的"文学之士"。

《康熙起居注》：

> 十六年十月二十日，康熙谕大学士勒德洪、明珠等人曰："朕不时观书写字，近侍内并无博学善书者，以致讲论不能应对。今欲于翰林内选择博学善书者二员，常侍左右，讲究文义。但伊等各供其职，若令仍住城外，则不时宣召，难以即至。今着于城内拨给房屋，停其升转，在内侍从几年

之后，酌量优用。再如高士奇等善书者，亦着选择一二人，同伊等在内侍从。尔衙门满汉大臣会议具奏。"

内阁大学士们随即遵旨会议后奏曰："皇上勤学书写，甚盛事也，皆应钦奉上谕遵行。选择翰林，寻取善书之人，相应交与翰林院可也。"康熙随即表示"依议"。

此事经内阁大臣们会同翰林院召开会议讨论后，将名单进呈，康熙于十一月十八正式谕令内阁："着将侍讲学士张英在内供奉，张英着食正四品俸。其书写之事一人已足，应止令高士奇在内供奉，高士奇着加内阁中书衔，食正六品俸。伊等居住房屋，着交与内务府拨给。"又谕大学士勒德洪、明珠："尔等传谕张英、高士奇，选伊等在内供奉，当谨慎勤劳，后必优用，勿得干预外事。伊等俱系读书之人，此等缘由虽然明知，着仍恪遵朕谕行。"

张英、高士奇得赐府邸于西安门内，此已属禁城范围之内，清朝建立以来，这是第一次赐府邸于禁城内。

除了张英和高士奇之外，头一批入值南书房的还有沈荃和励杜讷以及熊赐履。这就说明，陈廷敬此时虽然是皇帝信任的臣子，但仍然只是之一，不是最信任的那个，甚至在最信任的人中排不到前三名。要想完成这场"竞赛"并取得好成绩，陈廷敬要展现的，要比之前所展露的才华多得多。

高士奇（1645—1704），字澹人，号瓶庐，又号江村。 浙

独持清德 陈廷敬

江绍兴府（今浙江慈溪）人，后入籍钱塘（今浙江杭州）。康熙十年入国子监，试后留翰林院办事，供奉内廷。康熙十四年，授职詹事府录事，不久升内阁中书，领六品俸薪，住在赏赐给他的西安门内。

高士奇每日为康熙帝讲书释疑，评析书画，极得信任。康熙十八年后，历任翰林院侍讲、侍读、侍读学士、《大清一统志》副总裁官、詹事府少詹事。康熙二十八年随帝南巡。

大家可以看到，高士奇的升官路径，与陈廷敬重合度极高。我们之所以说他是陈廷敬的"对手"，正是因为他与陈廷敬长时间共事，而又风格不一。

高士奇不仅入值期间不离康熙半步，而且对康熙"下班"之后做了什么事，见了什么人，说了什么话，都要想办法弄清楚。他对康熙工作之外读了什么书尤其感兴趣。为了探听到这些信息，高士奇每天从家里出门时，都要带上一小袋金豆子，一到宫里，就找康熙身边的贴身小太监，详细询问康熙的生活起居和工作情况。太监每提供一条有价值的信息，高士奇就送上金豆一颗。

一旦高士奇获知康熙读了什么书，回家之后必定马上找来翻阅，即使是对书的内容不感兴趣，也要赶在康熙之前读完，其目的就是为了在康熙问到书中内容时，能迅速准确地回答出来。正是因为善于揣摩圣意，高士奇一直都是康熙身边最得宠的近臣。

付出了代价,就会获得收益。因为贴身服务康熙,掌握了很多信息,所以高府中每天前来打探消息的人络绎不绝,一般的官员高士奇不会接见,只接见那些在朝中掌握着实权的大员。当然,这样的资料都价值不菲。

陈廷敬的行事风格则截然相反。"清"是两人之间的本质区别。

我们一再强调陈廷敬的成长环境,富裕的地方豪绅,而高士奇则不然,《清史稿》中说他"少时家贫"。一个人的成长环境决定了他的"财富观"。可以说,尽管高士奇个人天资横溢,聪明机灵,但世界观方面的缺陷,对"钱"的渴望和过度重视,注定了他在仕途上即使能够达到巅峰,也不会长久。

陈廷敬的品格决定了他的做法,尽管与高士奇理念有所不同,但不会背后打小报告。可出于臣子的本分,陈廷敬还是隐晦地提醒了皇帝:"帝王以天下为家,一言之微,有前后左右之窃听;一行之细,为子孙臣庶之隐忧。是以圣帝明王必慎乎此。"(《午亭文编》)

果然康熙理解了陈廷敬的言外之意,明白肯定有身边的近臣或侍卫、太监、宫女等泄露了自己的言行。这在为君者看来是大忌。皇帝如云中之龙,神秘莫测,捉摸不定才是保持权威的秘诀。早在秦朝就有规定,泄露皇帝行止是罪。后世王朝更是对这方面严加防范,"揣测圣心""妄揣圣意",几乎与"大逆"同等罪过。

独持清德 陈廷敬

这就是之后高士奇倒台的原因。

高士奇的问题是"贪",而这一时期的另一位代表人物张英,在这方面就没有出过问题。

张英(1638—1708),字敦复,又字梦敦,号乐圃,又号倦圃翁,安徽桐城人。康熙六年、考中进士,选为庶吉士,官至文华殿大学士、礼部尚书。先后充任纂修《国史》《一统志》《渊鉴类函》《政治典训》《平定朔漠方略》总裁官。

他的一个很重要的身份,是名相张廷玉之父。张廷玉就是在整个清朝存续期间唯一一个"配享太庙"的汉臣,政治地位非常之高。张英治家之能、教子之才,可想而知。

康熙十二年,圣祖令"选文学之臣醇谨通达者入侍左右,讲论经史",掌院学士傅达礼、熊赐履推举张英、李光地等四人,圣祖钦定张英。七月,充任日讲起居注官。每进讲,常令英为之。圣祖每幸南苑,张英必从,久在左右,是以,圣祖深识其人。

康熙十六年十月张英与高士奇入值南书房。在任职期间,张英还充任过皇太子胤礽的师傅。张英的才华没有问题,并且他的品格也得到了康熙的认可。"圣祖深识其人。"康熙对张英也很好。

康熙二十五年三月,翰林院掌院学士缺人,康熙认为,"张英为人厚重,不干预外事,补授此缺十分合适。"张英遂任内阁学士兼礼部侍郎职。闰四月,康熙谕示吏部:"张英和内阁学士徐乾学学问淹通，宜留在朝中办理文章之事，嗣后不要将他们列为巡抚人选。"

因为当时的阁臣会自动成为巡抚的候选人，所以皇帝为了不让他离开自己身边，专门给外廷打了招呼，对张英的依赖可见一斑。但意外的事情出现了，就在康熙二十五年的九月，张英与侍读学士德格勒撰写起居注失误，被吏部革职降级。

起居注是我国古代记录帝王的言行录。顾炎武在《日知录》中讲："古之人君，左史记事，右史记言，所以防过失，而示后王。记注之职，其来尚矣。"从汉以后，几乎历代帝王都有起居注，但流传下来的很少。一般不外传，是撰修国史的基本材料。负责修起居注的官员，在皇帝公开的各种活动中均随侍在旁，因此起居注记录的内容甚为广泛，包括除了皇帝宫中私生活外的种种言行。

其编撰方式，可以分别说明如下：

首先是关于礼仪方面的记事或是行踪，例如祭天、向皇太后问安等等。

再写皇帝的圣旨。

次写中央各部重要的奏折、题本。

后写地方大官的奏折。

同类的事情中，则以事务轻重为顺序加以记载。

在唐代以前，皇帝是不能看自己的起居注的，因为一旦皇帝看到了不利于自己的记录，自己有不妥的言行，肯定想要修改。但从唐太宗李世民开始这一传统就在皇权面前失效了。某种程度上，起居注最珍贵的一种特性是：真实性，其实值得商榷。

关于张英的这次失误，很难讲性质如何，或者说是不是"失误"，究竟怎么"失误"，现有资料看不出来。所以因此就说张英的工作态度不认真或者工作能力有问题，有些不妥。康熙本人都说："张英原无甚不好处，但全无一定主意，随东逐西而已。"决定从宽处理。其中"无一定主意"，似在说明这个失误不一定是张英的主张。

但更严重的失误出现了。

康熙二十九年六月，张英奉旨兼管詹事府外，再兼翰林院掌院学士。七月，张英调任礼部尚书，仍兼翰林院掌院学士。担任礼部尚书三个月后，康熙斥责为一等公佟国纲所写的祭文"极为悖谬"，张英因未能详审祭文而被免去了礼部尚书职务。

事情很严重。因为死者是佟国纲，也因为他死于"国战"。

佟国纲，佟佳氏，隶属满洲镶黄旗，太子太保佟图赖长子，孝康章皇后之兄，康熙帝之舅。康熙二十七年，随从索额图与沙俄订立《尼布楚条约》，保护清朝的北部边界安全。康熙二十九年，随康熙帝征讨噶尔丹，阵亡于乌兰布通。

在关键的乌兰布通之战中，清军中了噶尔丹的埋伏，佟国纲中弹而死，"奋勇督兵进击，中鸟枪，没于阵"。佟国纲的遗体运回北京时，康熙派皇子前去迎接，甚至还要亲自去祭奠，但被二舅佟国维劝阻，只好改派皇子前去，赐给佟国纲谥号"忠勇"。

负责为佟国纲撰写祭文的是一位翰林编修，名叫杨瑄，他在祭文中把佟国纲与五代时期的王彦章相联系。王彦章是一员武将，手中一杆铁枪非常有名，被称为王铁枪，最后被俘，不屈而死。

康熙看到这里，认为这种联系非常错误，"极为悖谬"，又指出杨瑄这个人有问题，给汉人和满人撰写祭文时区别对待，"每于旗下官员，多隐藏、不美之言。于汉人，则多铺张粉饰"。结果杨瑄被免职，送到山海关外给旗人当差。

即使是非专业的阅读者也可以看出，皇帝对自己的舅舅死于这样的国战，内心其实是骄傲的。天家享受天下的供奉，并非毫不作为。这与前明时期的"天子守国门，君王死社稷"如出一辙。所以这时的祭奠，强调的肯定不是悲痛，个人的"武勇"也无须夸张，重点在于强调"牺牲"的意义。而国之大事，唯戎与祀。负责"祭祀"的礼部官员竟然不能从国家高度出发阐述这样的牺牲，确实不是单纯的技术不足或者举例不严谨，只能说是能力不足。而从工作态度的角度看，最起码叫作"不慎"。

这个失误事实上断送了张英的政治生涯。《清史稿》中记载，这之后张英因教习庶吉士不严又曾被连降三级。这很有可能是前面事情的余波。

独持清德 陈廷敬

尽管两年后他还曾担任礼部尚书的职务，兼管翰林院、詹事府，并先后充任纂修《国史》《一统志》《渊鉴类函》《政治典训》《平定朔漠方略》的总裁官。但他的重要性却远远不如以前。

陈廷敬在与这一时期的两位"同僚"同时也是"竞争者"的比赛中，赢得了胜利。而这两位曾经的领先者的失败，恰恰证明了陈廷敬在"清"与"慎"方面的超卓。但陈廷敬的能力，还需要更多对手的衬托，才能阐释得更清楚。

张英和高士奇与陈廷敬是同代人，他们风华绝代，但尽管如此，也不能说他们就是"南书房"的代表，因为在他们之前和他们之后，还有惊才绝艳之人占据中心。像前文提到的熊赐履，还有后来被称为"南书房三巨头"之一的徐乾学。

熊赐履（1635—1709），字敬修，又字青岳，号素九，别号愚斋，湖广汉阳府孝感人，世籍南昌。顺治十五年，熊赐履参加科举考中进士，被授予翰林院庶吉士。顺治十六年，经考试优等被授翰林院检讨。康熙四年，进入内翰林弘文院做侍读。康熙六年，熊赐履进呈在清初政治史上具有重要影响的《万言疏》。该疏对清朝时政、特别是四大辅臣推行的种种政策提出尖锐批评，要求少年皇帝加强儒学修养，以程朱理学为清廷布政施行教化的根本。这道奏疏，使康熙皇帝对熊赐履刮目相看。康熙七年，授予熊赐履秘书院侍读学士。康熙九年，提升为国史院学士。不久恢复内阁制度，另设翰林院，熊赐履为掌院学士。康熙十二年，清廷决定撤藩，熊赐履对此不以为然，告诫康熙帝撤藩必定会引起反叛。

"三藩之乱"爆发后，熊赐履积极协助清廷平定叛乱，曾代拟《宣谕云贵等处官民敕》。该敕宣布削除吴三桂爵位，要求云贵居民"各按职业，并不株连"，"其有能擒斩吴三桂头献军前者，即以其爵爵之。有能诛缚其下渠魁及以兵马、城池归命自效者，论功从优叙录，朕不食言"。该敕颁布后，对孤立吴三桂叛乱势力，笼络人心，产生了重要影响。康熙十四年，康熙帝因为熊赐履"素有才能，居官清慎"，升熊赐履为武英殿大学士。

只用了十八年时间，熊赐履便成为了大学士，人臣巅峰。这其中，还有十年时间面临着上级官员的压制。所以他真正从踏上仕途到抵达巅峰的时间是八年。而假如从康熙九年，也就是康熙皇帝诛除鳌拜集团，掌握真正的权力之后开始提拔他算起，那他完成这一切只用了六年时间。

所以他一直是青年陈廷敬的偶像。其实陈廷敬与熊赐履是同科进士，但当熊赐履用短短六年时间走到巅峰后，从其他官员的角度看来，他们已经不是同时代的人物了。可陈廷敬并没有妒忌这个"同年"，当熊赐履被擢升大学士之后，陈廷敬作《赠孝感相公》："佥曰帝知人，吾等夙愿毕。"意思是说熊赐履能得到高位，我们的心愿都达到了。

回想起当初与鳌拜的斗争，似乎表明熊赐履是陈廷敬等人

独持清德 陈廷敬

的领头羊,他在前面冲锋陷阵,其他人在暗地里发挥作用,以免一损俱损。但即使这个推论不准确,熊赐履与陈廷敬三观一致、政治态度相同是毋庸置疑的。熊赐履本身也无愧于"老大哥""带头人"的身份和期许。当康熙帝要他推荐"词臣""讲官"的时候,张英、李光地、陈廷敬、高士奇的第一份推荐,都来自他。这样的人物,理应做出更加光辉灿烂的大事。但他的能力太强,对自我的期许太高,以至于容不得自己出现半点闪失,而一旦工作出现失误,他的能力便成为"规则外"的破坏性武器。

《清圣祖实录》记载:吏部议复大学士巴泰等疏参大学士熊赐履,将陕西总督哈占题报获盗犯开复疏防等官之疏,误票"三法司核议具奏"。奉旨查问。熊赐履想掩饰自己的过错,私取草签嚼毁,以大学士杜立德所票另写草签,扯去纸边,改写小字,推诿归罪于杜立德,是一个失职的大臣,应将熊赐履革职。后得到圣旨:熊赐履著革职。

这就是著名的"嚼签案"。熊赐履在自己犯了错误的时候,想要掩盖,于是把已经粘在奏章上的票拟撕下嚼毁,这已经违反了工作程序。而为了蒙混过关,他伪造了另一位大臣的票拟,找来杜立德写好的票拟,把内容撕去,保留签名,而在签名上方的空白处用小字写下正确内容(清时书写由上至下,由左至右)。

假如一切正常,皇帝看完后批示,这样的奏章就会被收藏起来，大概率不会重见天日，整件事也就遮掩过去了。但无意或者有意，来自满族官员巴泰的举报让整件事暴露了。这一次受牵连的还有另一位汉族大学士杜立德，所以很迅速地，熊赐履就因为"失职"而被革职。

正常来说，假如只是票拟出错，其实大概率得到的惩罚会是"申斥"，最严重的也不过是"降级"。但熊赐履太想保持自己完美的履历，做出的行为让整个针对他的批评变成了"不道德"。所以他走上巅峰仅仅一年时间，就被赶出了官场。

由于熊赐履个人品德很过关，在任时清廉如水，以至于被革职之后回乡闲居的日子过得非常拮据，让人不得不感慨。

过于炙热的"向上""追逐成功""追求完美"的欲望，是为官者的大忌。可惜，这一点，越是有能力的人越是无法避免。说到才华和能力，徐乾学可说与熊赐履一时瑜亮。

徐乾学（1631—1694），字原一、幼慧，号健庵、玉峰先生，清代大臣、学者、藏书家。江苏昆山人，清初大儒顾炎武外甥，与弟徐元文、徐秉义皆官贵文名，人称"昆山三徐"。康熙九年中进士第三名（探花），授编修，先后担任日讲起居注官、《明史》总裁官、侍讲学士、内阁学士。康熙二十六年，升左都御史、刑部尚书。曾主持编修《明史》《大清一统志》《读礼通考》等书籍，著《憺园文集》三十六卷。家有藏书楼"传是楼"，乃中国藏书史上著名的藏书楼。

终于在陈廷敬"对手"中出现了一个"三甲"级别的读书

人了。在接近十万人中才能出一个进士,能够在二百位进士当中名列前三,足以看出徐乾学的聪明。而他的两个弟弟,徐元文是顺治十六年状元,徐秉义是康熙十二年探花,更能看出他们家读书的风气和技巧。以至于明末清初最大的思想家顾炎武是他们的舅舅这件事都变得没那么重要了。

但徐乾学是有才无德的代表。他可以被看成是失去了"敬畏心"而又有才华的官员的典型。

康熙九年,他中探花时,陈廷敬已经入仕十二年了,刚刚开始在各个职位上轮转。而我们前面说过,到康熙二十五年时,闰四月,康熙谕示吏部:"张英和内阁学士徐乾学学问淹通,宜留在朝中办理文章之事,嗣后不要将他们列为巡抚人选。"

十四年的时间,徐乾学已经超越了陈廷敬,成为康熙身边南书房人才的代表人物。他是怎么办到的呢?

首先是慧眼识英才。

康熙十一年,徐乾学作为副考官,与蔡启僔一起典考顺天府乡试。他从已被放弃的试卷中挑出了韩菼的试卷,可以说慧眼识才,最终韩菼夺魁,成为状元。消息传出后有人投其所好,在徐乾学住的绳匠胡同里租房居住,每待五更时,故意大声读书给他听,以至于当时绳匠胡同的房价高出别处几倍。

除此之外,最主要的,还是他的文名。

康熙十五年,徐乾学在别人帮助下,开始编纂一部关于丧礼的重要著作《读礼通考》,计一百二十卷,他博采诸家之说,剖析义理十分透彻。

康熙二十四年，大考翰林詹事于保和殿，徐乾学列为一等，并与韩菼、孙岳颁、归允肃等获皇帝褒奖赏赐，随即被升为内阁学士，在南书房值班。徐乾学出任《大清会典》《一统志》副总裁，教习庶吉士，为庶吉士编纂一部《教习堂条约》，此书后来收入《学海类编》。同年，由他主持诠释康熙帝钦定的《古文渊鉴》脱稿，全书六十四卷。

康熙二十七年仿司马光《资治通鉴》体例，与万斯同、阎若璩、胡渭等排比正史，参考诸书，纂成《资治通鉴后编》一百八十四卷。

康熙三十三年，康熙帝下谕大学士推举文章学问超卓的人上来，王熙、张玉书等举荐了徐乾学、王鸿绪与高士奇，康熙帝命他们来京修书。徐乾学在之前已经逝世，遗疏将自己编著的《一统志》进与康熙帝，康熙帝下诏恢复他之前的官职。可以说康熙朝钦定官书，十之八九都是他监修总裁的。但是，在他出色的成绩背后，却是大家对他人品的指摘。

徐乾学权势极大，虽不亲自主试，但评考官对他言听计从。游说到他门下的人，无不登得科第。有一年，一个姓杨的翰林主管顺天乡试，试前，徐乾学让人送去一个名单，指令揭榜之时名单上的"名士数人不可失也"。杨某一数，名单上的人数已尽将榜额占满。榜一发出来，京师大哗，街上到处张贴出匿名揭帖。康熙闻知，亲自过问此事，徐乾学派人曲意逢迎康熙帝

独持清德 陈廷敬

说:"大清国初年,将美官授汉人,都不肯接受。如今汉人苦苦营求登科,足见人心归附,应该为此而庆贺。"康熙帝默然,此事竟然平息了。

康熙二十五年,徐乾学授任礼部侍郎,充经筵讲官。次年,升左都御史,并兼任《一统志》编纂局总裁。与明珠亲信佛伦、余国柱结怨。后来徐乾学又与索额图、熊赐履勾结,反击明珠。徐乾学利用其门生郭琇弹劾明珠,明珠、余国柱遂罢相。李光地说徐乾学"谲诡奸诈"。当时的民谣说:"九天供赋归东海(徐乾学),万国金珠献澹人(高士奇)。"他先是依附宰相明珠,反对索额图派。史载其"登高而呼,衡文者类无不从而附之","游其门者无不得科第"。

康熙三十年,徐乾学因曾写信给前任山东巡抚钱钰,包庇朱敦厚,事发后,徐乾学、钱钰均遭到革职。其子徐树敏亦被举发私收馈金。同年,江南江西总督傅拉塔(《清史稿》作傅腊塔,明珠的外甥)弹劾徐乾学及其弟徐元文不法之事"招摇纳贿,争利害民"共十五款,闰七月二十七徐元文"惊悸呕血而死"。

自康熙二十九年至三十一年间,徐乾学一家被控不法事有二十多起。

政治上毫无原则,反复横跳,只为追逐权势,作为立身之本的文学事业,也频繁遭人诟病。许三礼说他:"既无好事业,焉有好文章,应逐出史馆,以示远奸。"周寿昌在《思益堂日札》卷五《窃袭前人书》中说:"徐既爱其才华,复逢迎权贵……其心术行事为儒林轻蔑久矣。"又说:"窃他人书以为他人之作,斯又添一书林掌故,可哂也。"据说《读礼通考》的某些资料,乃抄袭万斯同。乾隆帝在《通志堂经解》补刻本的自序中说:"徐乾学阿附权门,成德滥窃文誉,二人品行本无足取。但不以人废言,故补刊齐全,订正讹谬,以臻完善。"

要特别指出的是,在康熙二十五年时,徐乾学来到了自己权势的巅峰期,皇帝特别对外宣布不要把他列为疆臣候选,以免离开自己身边。但尽管如此,康熙还是更明白徐乾学与陈廷敬二人之间谁更值得信任。

康熙二十五年,陈廷敬身上的官职是经筵讲官、都察院左都御史、工部尚书;充《三朝圣训》《政治典训》《平定三逆方略》《皇舆表》《一统志》《明史》总裁官;与徐乾学专理修书馆务。

徐乾学与陈廷敬都在负责修书的事宜。而"《鉴古辑览》一百卷成书,陈廷敬上表"。工作完成了,陈廷敬是那个负责写报告向上级汇报的人。毕竟,徐乾学不断出事,与之相比,陈廷敬兢兢业业、矜持自守,更加赢得了康熙的信任。

此时高士奇、徐乾学和陈廷敬,共同组成了"南书房三巨头"。看样子,这场"竞赛"还要长期延续下去。但一场风波马上就要来临,将直接区分出谁才是那个笑到最后的人。

康熙二十七年,陈廷敬被卷入宦海的漩涡之中,也就是陈廷敬的姻戚——湖广巡抚张汧的贪腐案。

张汧（qiān），号壶阳，字蕙峰，山西高平人。顺治三年进士，选内翰林院庶吉士，"散馆"后历任礼部主事、员外郎、江西督粮参议，后升福建布政史。陈廷敬的次女嫁给了张汧之子。康熙二十五年十二月，湖广巡抚员缺，康熙帝经过考查，命张汧充任之。未料张汧到任后，却贪黩无状、任意搜刮。荆南道祖泽深有贪污之嫌，他便向祖泽深敲诈，"索银一万两"。祖泽深凭借自己是大学士明珠、余国柱私党，拒绝付钱。张汧怀恨，便揭发了祖泽深的贪污问题。祖泽深予以报复，也揭露张汧任福建布政使时曾亏空藩库银并贪污盐商之银。

康熙帝"命色楞额往谳上荆南道祖泽深婪赃各款，并察张汧有无秽迹"，色楞额却"悉为庇隐"。但事情并未结束。据《康熙起居注》载：康熙二十六年十二月十八，康熙帝在乾清门听政，山西道御史陈紫芝参奏"湖广巡抚张汧居官贪劣，应敕部严处，以为贪官之戒。其保举张汧之员亦应一并察处。上问曰：'张汧居官何如？'吏部尚书陈廷敬奏曰：'张汧系臣同乡亲戚，性行向来乖戾。'刑部尚书张玉书奏曰：'张汧任事未久，名声甚是贪劣。'左都御史徐乾学奏曰：'张汧五月到任，中更文武科场，视事未久，秽声遂已流布，此岂可久居民上？'……上曰：'似此贪恶，岂可一日姑容民上？科、道职司耳目，今陈紫芝据实参奏，甚为可嘉。'……尚书科尔坤、佛伦等奏曰：'祖泽深口供内巡抚张汧向彼索银一万两，未曾给与，故行题参。色冷格（即色楞额）等将此等情由不行审明，应交该部一并议处。'上曰：'张汧、章钦文（河南巡抚）贪劣之状，天下人共知，若不严加处分，贪官何所惩戒？色冷格等不从公审理，赡徇情面，殊为可恶，若不一并议罪，恶人愈无忌惮矣！张汧情罪著直隶巡抚于成龙（字振甲，盖平人，汉军镶黄旗人）、山西巡抚马奇、副都御史凯音布等再行详审。'"

另查《圣祖实录》，亦有类似的记载："山西道御史陈紫芝疏参湖广巡抚张汧莅任未久，黩货多端，凡所有地方盐引钱局、船舶等，无不搜括，甚至汉口市肆招牌亦按数派钱，当日保举之人必有贿嘱情弊，请一并敕部议处。"

上述记载的是张汧贪污被揭露以及康熙帝决定派员审查的经过。从这些情况看，陈廷敬虽与张汧有姻亲关系，但张汧的犯案与陈廷敬并无任何牵连。但在于成龙审张汧后，张汧的供词中却有两处牵连了陈廷敬。

其一，"张汧事发，遣于成龙出往审……张汧遂发高淡人（士奇）、徐东海（乾学）、陈泽州之私，曰：'予已老，为布政足矣，岂敢妄意巡抚，无奈诸公督促之……'"意思是他本来无意争任湖广巡抚，而是受高士奇、徐乾学、陈廷敬三人"督促"而为之的，并交出他们三人给他的信。

其二，据《清史列传》载："法司逮问贪黩劾罢之湖广巡抚张汧，因汧未劾时曾遣人赍银赴京，诘其行贿何人，初以分馈甚众，不能悉数。既而抵出尚书徐乾学、少詹事高士奇及廷敬

独持清德 陈廷敬

……"意思是张汧供称他曾派人到京行贿徐、高及廷敬三人。

因为陈廷敬是康熙帝的近臣,而且刚刚升任吏部尚书,经张汧供认后,一时间便引起朝内众说纷纭。有的官员便向皇帝上奏,乘机弹劾陈廷敬。

例如时任兵部尚书的张玉书,虽然一向谨小慎微,这时"亦呼其门人在台中者,劾张汧有亲戚在京为之营办,宜穷治"。而与陈廷敬同入值南书房的徐乾学也"贿上左右为上言,张汧用银,又有送银子者,陈廷敬也。收银子者高士奇也,与徐乾学实无涉"。

这样一来,陈廷敬"亦大受其伤矣",甚至因此而"神志摧沮,事多健忘,奏对之顷,失其常度",并请求辞官回籍。

按照一般情况,陈廷敬有罪无罪,经过审查,自然会水落石出。然而,据《清史列传》记载:"曾奉谕:此案若严审,牵连人多,就已经审实者即可完结。于是置弗问。"

《康熙起居注》载其详细情况是,康熙帝于康熙二十七年四月二十七召见审张汧案的于成龙,谕曰:"尔等往审此事,须就款鞫问,不可蔓延。若蔓延,则牵累多矣。倘有别事,尔等即来密奏。后伊等回时,可将张汧举首书扎及口供密奏。不欲此事蔓延者,诚恐牵累众人。"

另据李光地说:"皇上送太皇太后灵在路上,于振甲已为诸公所中,皇上时时叫去,在宫门上骂说他们几个同我读书的人(指徐乾学、高士奇、陈廷敬等),你必定都要弄去了,为什么呢？……又叫于振甲到宫门说，我左右动得笔的，是徐乾学、陈廷敬、李光地、张英、叶方蔼这几个人，这大文章该是于成龙做，你为什么不做？"

于是，张汧案的最后处理结果是：张汧、祖泽深皆被定为贪官而治罪，被牵连的徐乾学、高士奇和陈廷敬皆原官解任，仍留京管理修书事务。

事情是非常清楚的。在此案牵连到徐乾学、高士奇和陈廷敬之后，康熙帝就不让于成龙等再深究此事，其目的是为了保护三人。因为他们三人都入值南书房，都是康熙帝所器重的人。这样一来，陈廷敬虽然没有被治罪，但是，由于案子并未审清，陈廷敬到底是否收过张汧的银子，也就未能澄清。

不过，根据当时的实际情况考查，陈廷敬肯定是无辜的。

首先，张汧出任湖广巡抚，并非像张玉书的"门人"所说是陈廷敬为之"营办"。如果是陈廷敬为之"营办"的话，以当时陈廷敬与康熙帝的密切关系，他完全可以直接向皇帝为之引荐。但是，前已述及，张汧案被揭发时，康熙帝曾当面问陈廷敬："张汧居官何如？"廷敬回答说："张汧系臣同乡亲戚，性行向来乖戾。"这样的回答完全可以证明，陈廷敬对张并无好感，不可能向康熙帝推荐张汧。如果他曾推荐过张汧，推荐时肯定不是这样评价张汧。如果当初说了好话，与现在的回答岂非自相矛盾？从陈廷敬的为人处世和品德看，他不会这样。

另外，一个重要的情况是，张汧系顺治三年的进士，进入

独持清德 陈廷敬

官场比陈廷敬要早十数年,不论是阅历抑或社会关系,都比陈廷敬要深。据《清史稿》中《徐乾学传》载:"湖广巡抚张汧亦明珠私人。"而该书的《明珠传》中亦云:"蔡毓荣、张汧皆明珠所引荐者也。"这些记载完全能证明张汧系明珠私党,而明珠在康熙二十六年未被罢官前,官位极高,权倾一时,且结党营私。张汧能升任巡抚,很可能与他有关。

关于陈廷敬接受银子的问题,他自己于康熙二十七年五月向皇帝上《俯沥恳诚祈准回籍以安愚分疏》中是这样说的:

> 臣薄劣孤生,迂拙自守,荷蒙皇上天地养育之恩,生成造就,宠禄逾涯。臣自念无他材能报塞万一,惟早夜兢兢,思自淬厉,不狥亲党,不阿友朋,上恐负圣主之殊恩,下欲全微臣之小节。乃至积有疑衅,飞语中伤,如前楚抚一案者。汧虽臣戚,泾渭自分,嫌疑之际,尤臣所慎,彼既败事,遂疑及臣,积疑成恨,语涉连染。……虽臣之心迹即此可白,而臣之自处须适所宜,惟当隐退田间,永衔恩于高厚。

这段奏文,绝非是官样文章,更非巧言搪塞,而是完全反映了陈廷敬的真实情况。因为陈廷敬已为官三十年,纵观他这三十年的为官之道,主要坚持了"清、慎、勤"的三字方针。所谓"清",即清明廉洁,在管理钱法时所著的《二钱说》就证明了他一向清廉自律；所谓"慎"，是指其一生为官谨慎小心，在为人处世上一贯"老成、宽大"，在政治生活上则是"慎守无过"，他的这种作风曾经受到过李光地的批评，说他是"但知趋避，自为离事自全"，这些，正是他在这里所说的"不徇私党，不阿友朋"的具体表现；所谓"勤"，是指他为官勤奋，敬业精神很强，在他为官的三十年中，康熙帝对他赏识、信任，一直予以重用。他出于忠君思想，又有报恩意识，确实像他这篇奏章中所说：始终是"惟早夜兢兢、思自淬力"。不仅这三十年，其一生为官也是如此，像这样"恪慎清勤"的人，说他有贪污行为，实难令人相信。何况，在封建社会里，中国人向来重亲家关系，即使贪官也不会只为自己的儿女亲家说些人情就收他的银子，更何况是陈廷敬这样的清官，怎么会巧取自己儿女亲家的银两呢？由此看来，张汧之所以牵连陈廷敬，确如陈廷敬所描述：因陈廷敬与张汧一向"泾渭分明"，张汧事发，便疑及廷敬，因"积疑成恨"，就"语涉连染"，"飞语中伤"。就因为陈廷敬是遭张汧的"中伤"，所以李光地非常同情他，说："泽州乃汧之亲家，泽州亦大受其伤矣。"

李光地之所以这样说，是因为陈廷敬曾向他说明了张汧案实情。陈廷敬曾向李光地说："实在迫张汧做巡抚、要银子也是徐东海（徐乾学）。后来银子不应手，教人参他又是徐东海，始终皆渠为之。"从徐乾学为官的表现看，陈廷敬所说确实是实际情况。因为徐乾学，包括高士奇，他们一向都结党揽权，贪污

独持清德 陈廷敬

受贿。陈廷敬虽与他们的作风截然不同,但因为他们同在南书房的关系,来往也颇密切,所以对他们的表现也是知之不少的。因此,对儿女亲家张汧与他们的关系,也一定是清楚的。那么,既然陈廷敬知道张汧行贿和徐乾学受贿,为什么他在皇帝面前说张汧只用含混的"乖戾"两字,并且在受到徐乾学诬告之后也不揭发呢?李光地说他"但知趋避,自为离事自全",很可能就是指此类事情吧。

从现在的角度分析,陈廷敬肯定没有受贿,这一点,康熙本人也是知道的。只看同时被停职的三个人的遭遇就能明白。

康熙二十七年十月,康熙帝封陈廷敬为二品官才能封赠的资政大夫。与陈廷敬同时解职留京的徐乾学和高士奇,其情况却大不相同。康熙二十八年九月,他二人前后受到弹劾,他们的贪污纳贿等种种劣迹被揭露。康熙帝虽然袒护他们,亦不得不令他二人"休致回籍"。当徐乾学离开北京后,陈廷敬又被重新起用。李光地描述当时的情景说:"彼时陈泽州却闭门修书,忧窘异常,上亦知之。故徐健庵(即徐乾学)方上通州船,而泽州已复职关矣。"(《榕村语录续集》)

至此,陈廷敬的"对手"们在这场竞赛中纷纷落后甚至失去了比赛资格,此后,再也没有值得一提的对手出现,他成功地来到了胜利者的终点。

这次风波,检验了陈廷敬的品质,并且康熙帝对结果很满意。所以陈廷敬再次起复之后,先后当了六年的户部尚书、十年的吏部尚书。要知道,这两个位置,一个被称为"大司农",掌管天下银钱,后世的清朝第一贪和珅就一直担任这个职位。另一个则被称为"天官",掌管全天下官员的铨选。用现代的职务比附,一个是财政部长,一个是组织部长,这可都是贪腐高发区,而陈廷敬却在这两个位置上一坐多年,直到致仕。可见康熙帝是多么信任他,也可见他本身的品质有多高洁。正所谓:

> 我家洗砚池边树,
> 朵朵花开淡墨痕。
> 不要人夸好颜色,
> 只留清气满乾坤。
> ([元]王冕《墨梅》)

独持清德 陈廷敬

九、清风两袖朝天去

天下人皆知陈廷敬的廉洁，关于他清廉自守的小故事很多，我们姑且撷取一信一疏一谕一行一传来大概了解一下。

陈廷敬是有名的孝子，在籍丁母忧期间，曾在墓地筑屋，曰"陟屺楼"，长时间住在那里，专心为其母守制，有时还走访亲友。很长时间之后，他才恢复作诗，写些杂文。

一贯谨慎行事的陈廷敬，以自己已是朝内大员、皇帝近臣，为避免嫌疑，在这期间走亲访友也遵循"不敢以一字通官府，犯礼经不语之戒"的原则。但他非常关心家乡的教育情况，当他看到泽州地区教育腐败衰落时，十分痛心，便写信给省提学、本地学官以及里中乡绅，希望上下一心，力挽颓风，改变现状。他在《与刘提学书》中，首先指出了泽州地区教育衰落的现状：

> 当泽州盛时，州试童子可二千人，上之学使者千有余人。州所隶县如阳城，试童子可千余人，州再试之，上之学使者亦六七百人。其三县高平、陵川、沁水，悉号为最盛。今泽州应童子试者，不过二百人，阳城四十五人。阳城如此，三县可知矣。一州如此，天下可知矣。学校者，人材之薮渊。人材者，国家之桢干。而一旦衰落至此，是可叹也！

接着，他又分析教育衰落的原因说：

> 凡若此者，其患始于进额之太少，其弊成于请托货赂之公行。今进学额数人耳，而贵富有力之家辄攘之以去，单寒之子淹抑坐叹，……司文者既不以教养为心，又从而摧辱之、剥削之，其谓之保等者，取其资，保其不出三等者也。又最甚者，其始故置劣等，扬言于外，不肖州县学官为之通关说，贿而后置之三等，谓之拔等。前此诸公，多有行之者。

独持清德 陈廷敬

这里，他毫不掩饰地揭露出存在于当地教育中的种种贪贿之风，并直接指出"前此诸公，多有行之者"，这就相当于对有关此事的贪腐官吏指名道姓了。最后他要求刘提学"大破情面，力革陋规"，对"前项旧弊痛加扫除"。

这是一信。

作为一个读书人，看到家乡地区的"读书种子"竟然在这样一个"有毒"的环境中成长，是可忍孰不可忍。但话说回来，"久入鲍鱼之肆不觉其臭"，生活在一个"潜规则"盛行的环境里久而久之大家就会失去对"正确"的理解，陈廷敬能直接把泽州教育衰落的原因归结到"腐败"上，正是因为他本人对"清廉"的坚守，某种程度上这也算是一种"旁观者清"吧！是他不沉瀣的证明。

康熙二十四年正月，他上《劝廉祛弊请赐详议定制疏》，提出："贪廉者，治理之大关；奢俭者，治理之根柢。欲教以廉，当先使俭……"故建议皇帝从衣冠、舆马、服饰、用具、婚丧之礼等各方面入手，整顿官吏奢华积习，培养其勤俭之风。为了"振兴吏治""官奉其职"。

这是一疏。

在这本奏折中，陈廷敬明确提出了"廉洁"是制度建设的基础，它的外在表现是简朴。但外在表现会与内心理念互相作用，因此作为一个组织（朝廷），在不能准确判定"内心"的情形下，应该通过"行为"来规范和建设官场风气，这一点在同年的另一封奏折当中也有体现。康熙二十四年九月，陈廷敬又连上三疏，其第一疏曰《请严督抚之责成疏》。他在这一奏疏中提出了当时清朝吏治中的一个更重要的问题，即如何加强地方总督、巡抚的责任问题。他认为："今天下之事，系于督抚，督抚之职，在察吏安民。"既然如此，所以"方今要务，在于督抚得人"，督抚的人选是否优良恰当，才是能否治理好天下最重要的因素。陈廷敬认为，督抚要完成自己察吏安民的任务，首先自身要廉。只有"上官廉，则吏自不敢为贪；上官不廉，则吏虽欲为廉而不可得。……为督抚者，既不以利欲动其心，然后能正身董吏。"所以他在此疏中最后要求"皇上之考察督抚，则以洁己教吏，吏得一心养民、教民为称职，否则罢黜治罪。"

在工、户、吏部尚书任上，陈廷敬仍然和以前一样，政治清廉，工作务实。他任户部尚书后，曾两次发布《户部堂谕》。在堂谕中，他先与部下建立相互间的信任。他说："每念与诸司共事，贵相信以心，心相信则言易感人。"在相互信任的基础上，他"与诸司相约"，对于户部的"奏销、考核、赍奏、驳察、地丁、兵马、漕项、监法等项钱粮事务"一定要"无私欲"，而且还要"业精于勤"。然后他以"正己以勉诸司"，要求"诸司正己以勉诸吏，其有不率者，刑章具存；或有打点官吏，

独持清德 陈廷敬

假借名目作为奸弊，恣意招摇……立时参奏。"最后他宣布"如本部堂常随家人、班皂人等，或有交通书吏人等，作为奸弊者，仰诸司一并不时采察申究。"

这是一谕。

清王朝初立之时，天下依然大乱，新任官吏多着力于维护其统治。在康熙皇帝登基二十余年之后，天下趋于一统，新朝的根基亦在巩固之中得到发展，此时，从朝廷之大臣至地方大员，以及各级官吏，便逐渐产生了骄奢淫逸之心、贪利纵欲之意。于是在"官建"之中，"养廉"便成为治国、治世的一个重要问题。陈廷敬在新朝建立四十二年之时，任经筵讲官、都察院左都御史，管理京省钱法期间，深感贪廉问题已成治理百官之要。认为对此不容忽视，应在推进其"官建"事宜时，加以深入研究，并在这一基础上，制定一个劝廉倡俭的规范，用以褒奖廉洁、俭朴的官吏，形成一种新风尚。对此他认为应从两方面加以考虑。

一是对各级官吏之服饰、舆马、器用等方面，制定全面的定制，既要区分贵贱等级，又要贯彻从俭的原则。他指出："盖古者，衣冠、舆马、服饰、器用之具、婚丧之礼，贱不得逾贵，小不得加大，今或等威未别，因而奢僭之习未尽化也。"古代的公卿大夫，按定制处置其衣食行用等事。今则各行其用，或"服机丝所织，花草虫鱼，时新日异"，或"策肥车马，阗咽震，惊道路"，或"不惜贪饕之用"等等。官场兴奢侈之风，必然影响整个社会，致使"富者黩货无已""贫者耻其不如，冒利触禁，妄冀苟免，幸不罹于法""愚民游末趋利"，农者"多离农亩，弃其本业"。若继续照此发展下去，社会的稳定是难有望了。陈廷敬的上述见解，其言之惊人之处，是明确指出这种奢侈之风，其源头在于公卿大夫，若任其发展，社会是会遇到不堪设想之后果，因此应该从治理官吏之贪奢开始。

二是陈廷敬认为应该对官吏进行思想方面的教化，若欲使之"回心向道，尤教化之急务也"。在《劝廉祛弊清赐详议定制疏》中，他申述教化之理而言曰：

> 贾谊所谓一人耕之，十人聚而食之，欲天下无饥不可得也。百人织之，不能衣一人，欲天下无寒不可得也。其始由于不俭，其继之于不廉，其卒至于天下饥寒，饥寒切于其身，奸宄因之而起，此所以刑罚未能衰止也。……夫好尚嗜欲之中于人心，犹水之失堤防也，是教化之所宜先务矣。

陈廷敬在这段话中，引申汉代政治家贾谊的见解，意在说明两点：一是他认为历代以来，史家都对贾谊的主张给以充分肯定与赞赏。贾谊在汉王朝立邦四十余年时，发现社会中兴起奢侈之风，在官吏层中尤甚，对社会安定发展极为不利。故而在忧患中说："夫百人作之，不能衣一人，欲天下亡寒，胡可得也？一人耕之，十人聚而食之，欲天下无饥，不可得也。饥寒

独持清德 陈廷敬

切于民之肌肤,欲其无为奸邪,不可得也。国已屈矣,盗贼直须时耳。"(《治安策》)对此,贾谊还在其《新书·瑰玮》中有详论。说:"今去淫侈之俗,行节俭之术,使车舆有度,衣服器械各有制数。制数已定,故君臣绝尤,上下分矣。"否则,"天下困穷,奸诈盗贼并起,罪人蓄积无已者也,故不可不急速救也。"陈廷敬对"贪廉者天下之大关"的分析论述,显然是受到贾谊思想的影响。并且现在清朝的状况与汉朝初期一样,都是立邦四十余年之际,遇到的问题又如此相似,所以他认为应以贾谊之见为法,为劝廉祛弊而制定法规。二是他同意贾谊的见解,若对奢侈之风不从根本上加以制止,社会就有产生动乱之可能。贾谊云:"盗贼并起,罪人蓄积",随时均有不测之虞!陈廷敬云:"奸宄因之而起,此所以刑罚未能衰止也。"说明奢侈之风,必然导致社会之不安定。贾谊对此警告说:"故不可不急速救也。"陈廷敬亦云:"尤教化之急务也。"两位相距近两千年的政治家,对于官员奢侈都如此看重,在阐述这一问题时,都不约而同地使用了一个"急"字,"急救"或"急务",说明此问题是至关重要的大事。

陈廷敬提议为了"劝廉"造一项定制是非常必要的,并提出制定这一定制时,应遵循两个原则。一是应当取"中道"。他说制定时应从京官、外任、官民各人群的工作生活多方考虑,遵循"斟酌、损益,务合于中"的原则。官吏有等级之分,服饰、冠服、衣裳、车舆和婚丧大礼等,在节约前提下严格区分,不得僭越。外任高官的舆马、仆从，"不得过奢"便可，应该考虑到他们与京师情势不同。此外，在这方面应有官民之别。往昔服饰与婚丧大礼，对庶人限制甚多亦甚严，如舆马、衣裘、绸缎等高级之具，均不得或降档使用，此次定制时"宜厘正，使永远遵行"，在保持各级官员的尊贵与威严的情况下，在节俭的条件下，可适当放松，以使在兴节约之风、止奢侈之风下，使各级官吏之间、官民之间与社会达成有序的统一，有益于天下的和谐与安定。二是他认为"劝廉"定制，有利于社会进步。他说：

> （定制）不得过侈，制度既定，罔敢陵越，则节俭之风可以渐致。工者不必矜能于无用，商者不必通货于难得奇技淫巧，弃本趋末之民，将转而缘南亩，田畴辟，则民无饥寒。民无饥寒，然后可以兴于礼义廉耻，而国之四维以张，太平无疆之盛治端在于此，又岂惟劝廉吏而已。

在这里他着重指出奢侈之风可使天下趋利而妄为，若如此下去，工商者则入歧途而废正当之营利，众民则弃本趋末而混迹坊肆，致使饥寒布于天下，铤而走险者有之，聚而抢劫者有之，从而产生乡不乡、城不城、官不官、民不民的危急情况，因此后果堪忧。若定"劝廉"之定制，在制止了官吏的奢侈之风后，工者可充分发挥其技能，商者可畅流物品，从而促进社

独持清德 陈廷敬

会工商业的发展；广大务农业者，则可踏实归于田间，走种谷得谷、种豆得豆之康庄路。百姓们粮仓充足，丰衣足食才能顾及到礼仪，重视荣誉和耻辱。如果大家都做到了礼义廉耻，那么社会上下就会秩序井然。从而说明"劝廉"的定制，"又岂惟劝廉吏而已"之意哉！

还是在母丧期间，陈廷敬专程去高平拜会了致仕为农的毕振姬。毕振姬（1612—1681），字亮四，高平人。顺治进士，官至湖北布政使。著有《四州文献》《西北文集》等。他既是一位学识渊博的学者，又是一位"耕以养亲""及仕则以廉能闻于天下"的清官，深得陈廷敬景仰。这次见面之后，见其家"蓬藿满门径，牛栏鸡埘，杂置堂下，堂中则处其所自饲蚕"，完全是一派农家的景象，并且"所守甚危苦"，可"与农家最下者比"。但是，与一般农民不同的是，其"家独多藏书，胜国君臣事迹，典故文字，关史家者尤多，其他书皆世所不常见"。毕先生热情接待了陈廷敬，虽"酌"之"流泉"，"饭"之"脱粟"，却是盛情充溢，陈廷敬深受感动。分别时毕振姬还将他《辑录明以来制科之文数百篇》赠送给陈廷敬。据陈廷敬自己说，这些文章都是毕亮四亲手抄写，旁诂加注，细书如茧丝牛毛，可以系之国籍，属之史乘，皆所谓世不常见者。之后陈廷敬对他更加崇敬，归后便写了《毕亮四论订历科经义序》，以补其"老而无传"。后来又写信给毕亮四，再次表示对他的敬仰之情。

这是一行。

前面说过，陈廷敬此时已然是中央大员，自然举动慎重，可他偏偏去见了一个已经致仕的官员，这是一个极其容易被误解的政治信号。可陈廷敬偏偏这么做了，原因不过是毕振姬"以廉能闻于天下"。"能"者多有，陈廷敬想传达的，无非就是对"廉"的尊重吧！

至于一传，就是大家所熟知的陈廷敬写给于成龙的《太子太保兵部尚书总督江南江西谥清端于公传》了。

陈廷敬自身居官，"早夜兢兢，思自淬厉，不徇亲党，不阿友朋，上恐负圣主之殊恩，下欲全微臣之小节"，恪慎勤勉，雅正清廉。与"天下廉吏第一"之誉的于成龙并非只有同乡之谊，且陈廷敬见于成龙时，"当公（于成龙）巡抚京畿，逆旅深夜，执余（陈廷敬）手而语，有知己之言"。可见，二人情谊深厚，在此情况下陈廷敬为自己的同乡知己立传传世，当然格外用心。这篇传记近一万字，讲述了于成龙的一生功业，结构清晰，字字着实，声情并茂，可称垂世之作。

传记中描写于成龙在广西罗城任职时，"公廨在丛篁深箐间，披草木入，得微径，插篱棘为门牖。虎啸猿掷，白昼行庭中，阳阳穿坏壁去。公即庭中，累土为几案。其傍置爨，一釜一盂，炊烟并日。召吏民来前，从容问所苦，喻以急公敬上之义。申令行事，吏民皆鸟言咿嘤，与之语，心耳辽绝"。寥寥数

独持清德 陈廷敬

笔，罗城条件之恶劣，于成龙之泰然处之跃然笔端。而其叙写于成龙治理罗城的收效时，则曰："每春时，命两猺异竹兜行田野中，见力耕者辄呼与语相劳苦。民知公来，皆率妇子环公罗拜。或坐树下，与饮食，笑语欢如家人。嘉其勤而获者，愧其惰者荒芜者，民大劝悔。稑穗被野，牛羊满山。公以其暇日增陴浚隍，招民入居。新筑室者，公手书题额或门联，以示奖异。立学宫，教民其中，能读书应举者免徭役。"俨然一幅官民谐乐图，不着一言，而于成龙治理罗城之实绩尽收眼底。

于成龙的"廉"自然是陈廷敬最为留意，用力描写处。传云：

> 公自来罗城，从仆皆散去，二仆病不能去，旋亦皆死。罗人怜公，每晨夕视问安否，间敛金钱跪进云："知阿耶苦，我曹供些少盐米费耳。"公笑谢曰："我一人何须如许物，可持归，易甘旨，奉汝父母，一如我受也。"众怏怏持去。居数年，家人来，罗人则大喜，奔哗庭中，言："阿耶人来，好将物安家去。"又进金钱如初。公又笑谢曰："此去我家六千里，单人携赀，适为累耳。"麾使去。众皆伏泣，公亦泣，卒不受。

先言其生活之苦，再言其拒谢之婉。数年之后又反复之。一可见于成龙之清苦，二可见罗城百姓之有心铭记，三乃见于成龙之高风亮节。然往复之间，于成龙之爱民如子、清廉自守已淋漓尽现。

写其离任罗城一段：

> 在罗城七年，迁知合州。公复牒十事上幕府，皆为公行之。去罗城，罗人遮道呼号："公今去，我侪无天矣。"追送数百里，哭而还。一眇者独留不去，公问故，曰："民习星卜，度公橐中赀不能及千里，民技犹可资以行也。"公感其意，因不遣去。会霪雨，赀尽，竟赖其力得达合州。

受百姓之拥护爱戴，堪比前贤，为官一任，竟不能具赀千里，清廉可知。眇者竟而预知，可知于成龙之清廉实为黎民所深知。其淡泊之操、坚危之节，可想而知。

再如写于成龙逝后一节：

> 将军都统察吏来至寝室，皆见床头敝笥中惟绨袍一袭、靴带二事，堂后瓦瓮米数斛、盐豉数器而已，无不恸哭失声。士民男女无少长皆巷哭罢市，持香楮钱日至者数万人，下至菜佣负贩、色目番僧亦伏地哭尽哀。公鞫狱多所平反，衔恩者皆设位于家，至是皆奉以来。榇归，士民数万人步二十里外，伏地哭江干，江水声如不闻。

独持清德 陈廷敬

字里行间已见深情。而于成龙具官之廉、任职之能,于此可尽见,士民的巷哭罢市已是最好说明。在文末,陈廷敬更不无自豪地说:"天下之所谓廉吏也,皆晋人。"其情可知。传文除了特意突出于成龙的"廉"之外,还着意描写了于成龙的才智绝人,称"公刚介沈毅,强力多智,正直自持,不少回曲,而临事决机,应变无方。盖其诚与才合,识与力并,故所至能集大勋而著令名焉"。

如写其平定东山刘君孚之乱,云:

公则独骑一黑骡,一盖一锣,与二人径趋贼寨。未至二里许,命鸣锣前导者行呼:"太守来救尔山中人。"君孚不虞公自来,仓皇匿后山,令数百鸟枪弩矢夹道伏望。见公,皆燃火控弦,拟向公。公不顾,直前,贼亦卒不敢发。至寨门,门开,公入舍下骡,即厅中坐,众贼环列。其黠者率众罗拜。公问:"老奴安在?"老奴,君孚也,以旧居麾下,故易昵之。众云:"暂出,顷可至矣。"又妫妫问:"今岁山中雨旸,禾稼若何,若良民,何作贼取屠戮耶?时酷热,若父母妻子匿何所,得无苦乎?"众皆泣。公曰:"热甚,须少憩。"令贼为脱靴,取水饮,或支榻挥扇,余四围墙立。公熟睡,鼾声如雷,贼惊异不知何为。移时寤,又谩骂:"君孚老奴,何为久不出,岂有客至不设酒脯者?"君孚初意公必以兵来,且惧见绐,故深自匿。及见公推诚无猜,趋出叩头，诉所以激变故。公为开陈利害顺逆，许以招抚，约日而还。至日，尽降其众数千人，黄麻数县皆解乎。

此段描写，精彩淋漓，于成龙之智计谋略、胆色豪情，刻画生动，栩栩如生，呼之欲出，几可作传奇读之，深得太史公笔法。

结尾，陈廷敬特意点出了所以立传的缘故，曰：

> 独是余公之乡人也，既多贤人之迭出于其乡，而又尝职在史官，亲见闻公之行事，废名臣之烈，湮乡先生之迹，咎莫重焉，故次叙之。《传》曰："高山仰止，景行行止。虽不能至，然心向往之。"余生贤人之乡，而志其操行，亦将以为取斯也。

敬仰推重之情，感激鼓舞之情，志以推扬之情，同乡自豪之情，俱在其中。刘勰在《文心雕龙》中说："纪传为式，编年缀事，文非泛论，按实而书。岁远则同异难密，事积则起讫易疏，斯固总会之为难。或有同归一事，而数人分功，两记则失于复重，偏举则病于不周，此又诠配之未易也。""至于寻繁领杂之术，务信弃奇之要，明白头讫之序，品酌事例之条，晓其大纲，则众理可贯。然史之为任，乃弥纶一代，负海内之责，而赢是非之尤，秉笔荷担，莫此之劳矣。"

独持清德 陈廷敬

在这篇传记中,去除掉那些有传奇色彩的事件,对于成龙风采的描述最动人。那是因为"行动"有可能被夸大,但"处境"却是"真实"的,而"感同身受",就是"所见即所得"——正因为陈廷敬自身对"清廉"非常追求,才会觉得这些"真理"无须多言,大家应该都能理解才是!

陈廷敬

【当代启示】

当代启示

本书不是陈廷敬的完整人物传记,是从陈廷敬一生经历中挑选了部分片段,进行再现,试图探索某些行为背后折射出来的理念。

目前我们看到的关于陈廷敬的相关作品,一部分是基于史料对陈廷敬的生平进行研究,这部分作品的出发点是陈廷敬的官场成就,也就是大家耳熟能详的清初最成功的汉人大臣,仕途五十五年,升迁二十八次这一部分。随着时代的进步,在习近平总书记对干部的廉洁作风提出了更高要求之后,曾经获得康熙皇帝"恪慎清勤"评价的陈廷敬也被重新重视、重新书写;另一部分是对于"斗争"这部分的"传奇"描写,这是更贴合大众趣味的消费性读物,虽然也是以陈廷敬的个人经历为线索,但重心主要放在了"戏剧性"方面，更加强调冲突和某些可以被强调的"中心事件"上。这样写更方便传播，但试图用来讲述道理、抒发感慨就稍显空泛。

所以本书更多的是依托可证的史料，只对真实发生过并有所记录的事件加以铺排，在重要的时间节点和事件上，只进行可以接受的因果推测。

我们总说"环境塑造人"，也通常认可"原生家庭环境对一个人的影响"，但究竟怎么影响呢？具体影响了什么呢？作者不揣冒昧，从陈廷敬的生平出发，进行了一点分析。

陈氏家族，从陈靠到陈廷敬这一辈，整整九代人。筚路蓝缕，白手起家，其间辛苦不必赘言。陈氏家族从始祖陈靠、二世陈林、三世陈秀、四世陈珙、五世陈修、六世陈三乐、七世陈经济，发展到八世陈昌言、陈昌期、陈昌齐弟兄三人，陈氏家族已经成为方圆百里的富户巨族，到了非常兴旺的阶段。那么陈氏是靠什么发财致富的呢？有学者把陈氏家族定位为晋商的一支，但我们在陈氏家族的历史上并没有看到关于经商的记载。陈氏的五世祖陈修虽然从事过鼓铸业，但这是生产性的实业，并不是经营性的商业，所以陈氏主要从事的还是农业，即前面讲到的耕田和牧羊。在阳城，牧羊主要是用来卧地，即白天在野外放牧，晚上把羊赶入地里休息，用羊所拉的粪便来肥田。陈廷敬之父陈昌期曾说："明季吾兄宦游于外，余以耕读摄家政，铢积寸累，薄成基业。"陈廷敬也说："吾家自上世已来虽业儒，然本农家，衣食仅自给。"清初陈昌言的同僚邑人白胤谦在《题陈泉山侍御止园》诗中说："此山富泉石，下有幽人宫。耕稼百余年，淳朴多古风。"也是说陈氏是以农耕为业。陈廷敬编成《陈氏家谱》，曾经在后面题了一首诗：

  侧闻长老训，诸祖称豪贤。
  披籍阅往代，叹息良复然。
  诚词炳星日，志气薄云天。
  处士及吏隐，一一皆可传。

而据《康熙四十一年陈氏分拨总账》中记载，康熙四十一年陈氏分家，陈廷敬的三个儿子每人所分财产情况如下：

陈谦吉：郭峪并各庄共房四百一十三间，共地六百七十九亩五分，共羊一千一百只。

陈豫朋：郭峪并各庄共房四百三十九间，共地六百三十一亩，共羊一千只。

陈壮履：郭峪并各庄共房四百三十三间，共地六百五十四亩，共羊一千只。

以上共计房屋一千二百八十五间，土地一千九百六十四亩五分，羊三千一百只。

从这个账单来看，陈廷敬的三个儿子所分得的财产只有房屋、土地和羊群，并没有店铺、工场、作坊等。在陈氏的家业中虽有河南清花镇店房一处，但并未注明经营项目。家业的财产只是供给陈氏家族宗祠祭祀之用，并不是陈氏家族的主要经济来源。由此可见，陈氏家族根本不是靠经商来致富的，而是典型的耕读之家。

这就有了一个问题，农业作为资本积累的手段非常低效，如果不进行技术革新，试图以此发家几乎不可能，陈氏家族是如何让自己从芸芸众多的农民家庭中脱颖而出，完成阶级跃迁的呢？

一命二运三风水，四积阴德五读书。读书肯定是跃迁的前提，但读书后所做的事情，才是跃迁的动力所在。

陈秀是陈氏家族的三世祖。陈秀，字升之，行一。生而颖敏，年少时鄙视八股文，不喜举子业，能诗，"工词曲，有元人风"。善书，尤精行草。倜傥有气节，族人有欲吞并其家产者，据理力争。以三考授陕西汉中府西乡县典史，上官见他有才干，遇事每向他咨询。凡文章之事，全都托付于他。他为人清严刻厉，挂冠于墙壁，多惠政，民感戴之。署城固县令，致仕去官，民为之立生祠。陈秀做了九年典史，卒于明弘治十四年七月初二。

陈秀在陈氏家族史上是一个极其重要的人物。首先他是陈氏家族第一个发迹的读书人，虽然他没有取得任何功名，但因为他读书，便为陈氏家族后来出现九进士、六翰林奠定了基础；其次陈秀是陈氏家族中第一个做官的人，虽然他只做了一个不入流的小官,但他却进入了仕途,这便为陈氏家族后来出现高官显宦奠定了基础;最后陈秀是陈氏家族中第一个写诗作文的人,虽然他留下来的诗数量不多,艺术价值也不甚高,但他却挤进了诗人的行列,为陈氏家族成为诗书世家、文化巨族奠定了基础。陈秀是陈氏家族实现读书入仕理想的第一人,所以,陈昌言说:"肇造余家,实权舆诸此。"

陈天佑是陈氏四世宗祖陈珙的侄子,是陈氏的第五世。陈天佑在明嘉靖十三年考中了举人,在嘉靖二十三年考中进士,是陈氏家族的第一个进士,授户部主事,累官至陕西按察司副使。陈天佑号容山,著有《容山诗集》,已失传,仅存残句一联:"未遂持螯意,空悬击楫心。"陈廷敬曾说:"余家近尧畿,代有文学。高伯祖容山公,万历甲戌进士,历关陕副宪,诗名尤重于世。"

读书,能做官。做官,就是阶级跃迁。这在那个时代,就是读书最大的"用途"。当然,读书的作用不仅仅在这一点,但从家族的角度来看,读书做官,就是性价比最高,也最可持续发展的"事业"。

陈氏"先世饶于赀",在始祖陈靠和二世祖陈林时,就已经有了一定的积累。在三世祖陈秀的时候,就已经很富裕。陈秀在写给他儿子的诗中说:"肯辞家舍来官舍,料出歌楼入酒楼。"他的儿子们不肯离开家到他做官的西乡县来居住,料想他们一定是每天出入于歌楼酒楼之中,担心他们沉迷于花天酒地的生

独持清德 陈廷敬

活而耽误了读书学习。由此可见,陈氏当时的家境已经很富裕了。到了陈修的时候,家境就更加充实富裕,"拓田庐储蓄,视囊昔远过",可称为富甲一方的大户了。

但大家族的"养成"不止于此。陈修"轻财好施,有弗给者辄出帑金、廪粟以赈其急。弗能偿者,即毁券不校。乡人以为岁星"。(《皇城石刻文编》)想要在"皇权不下县"的时代成为"乡老""乡绅",还需要一个民间的好名声,修桥铺路是必要的,在乡亲们遇到难处时伸出援手借钱救急是必需的,要是还能做到"毁券不校",那才是大善人、大救星,"乡人以为岁星"就是这个意思。

之后的陈家,又出了第二个进士,陈廷敬的大伯,陈昌言。

陈昌言,字禹前,号泉山,一号道庄。他幼时聪明,"耻与凡儿伍",考中了秀才之后,进入州学读书,"试辄冠军""沉若有大家名,籍甚于州庠"。崇祯三年秋天,陈昌言参加乡试,考中了举人。崇祯四年起义军进入阳城,崇祯五年陈氏修建了河山楼,崇祯六年春陈氏开始修建斗筑居城。在修建斗筑居城期间,陈昌言又赴京参加了崇祯七年春的会试和殿试,二月二十七放了榜,陈昌言高中进士,这时他三十七岁。陈氏家族的第五代陈天佑曾于嘉靖二十三年中了进士,到第八世陈昌言中进士整整经过了九十年的时间。

陈昌言在做乐亭知县期间"庭无留牍,胥无容奸","各台使者至,供张之具,悉自为储置,不费民间一钱"。他除了清廉

当代启示

自守之外,能力也很强。因为政绩较好,经过考绩,被调到京城里任御史。他离任之后,乐亭的百姓还为他立了生祠。陈昌言在任御史期间曾被派出巡按山东。在巡按山东时,"值齐鲁绿林蜂起",他"严为战守具",并且于"一岁之中,封事不惮百十上,诸所纠墨吏褫懦弁,不避权贵,直声达于朝右"。其实,巡按山东的这一年也正是陈廷敬出生那一年,也就是清兵第四次破关而入的1638年。"明崇祯十一年,清军入关,前后破畿辅州县四十三,山东州县十八,掳掠人口四十六万余人",直到次年三月才出青山口而去。于是他写信给在家的弟弟,要求继续扩大家中的防御规模,最后完成的防御建筑,就是"中道庄城",也就是现在的"皇城相府"。陈廷敬旧居就是在这个地方。

陈廷敬对读书的向往,就是因为他的家风如此,家人总结出来的"成功之道"如此。因此,我们可以分析陈廷敬后来所表现出来的性格,或者说成功的原因,一定与家庭环境有关。

对"家风""家庭"的重视和建设,也正是当代精神文明建设的重心之一。在2018年春节团拜会上,习近平总书记指出:"国家富强,民族复兴,最终要体现在千千万万个家庭都幸福美满上,体现在亿万人民生活不断改善上。千家万户都好,国家才能好,民族才能好。"我们要重视家庭文明建设,努力使千千万万个家庭成为国家发展、民族进步、社会和谐的重要基点,成为人们梦想启航的地方。

除了环境因素,陈廷敬的成功还有一个重要因素,那就是

独持清德 陈廷敬

经历。

河山楼之战发生在他出生之前，虽然影响到陈家的"家族性格"，但没有直接塑造陈廷敬。那么，在他青少年时期发生的姜瓖反正、张斗光围城事件，对他的影响就很直接了。那年，陈廷敬十二岁。

十二岁的男子，在过去的年代，正是处在少年与青年之间的时期，再过两年，陈廷敬就结婚了。他自小读书，到现在已经接受了八年的教育，面前的一切，他绝对不会看不懂。自己家在这十多年的变化，他更是看在眼里。而家中的建设，作为陈昌期的长子，他也时时上手帮忙，亲身经历了世事磨炼、人心揣测。

沁河古堡群的说法本身就是当地世家大族之间实力与观念的体现，和王家、张家之间的接触让他明白了"力量"的重要性；斗筑居和中道庄城的修建，让他有机会实际参与到一项工程中来，实践出真知，这在任何时候都是颠扑不破的真理。台阁起于州县，将军历于卒伍，这与我们现在要求干部历任各部门、各地方道理一样。在工程建设当中，陈廷敬看到金钱对人心的考验，见识到各种各样的小动作、潜规则，但也看到明晰计划、规划的作用，这对后来他"见事极明"起到启蒙的作用，以至于他能够历任五部尚书，最重要的是让他理解了如何树立一个"领导者"的形象，明白了个人威严如何建立，以及建立后会对推动工作起到多么大的作用。

当代启示

整个中道庄城保卫战在明末清初的历史中很微弱，但在陈家看来却是惊涛骇浪。目前我们使用的资料，绝大部分来自于陈廷敬自己撰写的《皇清诰封光禄大夫正一品经筵讲官吏刑二部尚书都察院左都御史鱼山府君行状》和《母淑人行状》。所谓行状，也称"状"或"行述"，是叙述死者世系、生平、生卒年月、籍贯、事迹的文章，常由死者门生故吏或亲友撰述，成为撰写墓志或史官立传的依据。在陈廷敬给父亲陈昌期和母亲张氏写的行状当中都涉及了这次战事，可见这件事在陈家的重要性。更值得注意的是行状中记录事件的"形状"：在记录中陈家对张斗光使者的言辞和动作，都在说明当时陈家的"立场"是绝对忠清，而从当时的形势来看，这几乎不可能。但陈廷敬采用这种写法也实在情有可原，这是给官方看的。我们平常在和朋友聊天时事涉己身尚不免有溢美之词，何况是给领导看，肯定要突出成绩，尤其要突出立场的。

这就能回答清楚问题：为什么是陈廷敬？或者说，凭什么陈廷敬可以在前后两代帝皇——顺治和康熙——身边都脱颖而出？

在顺治帝时期，作为当时的三甲进士，进入翰林院只是正常程序，并不会引起大家注意，那么，他怎么会引起皇帝的注意，并最后成为皇帝喜欢的人呢？

从大的层面上来说，顺治十五年陈廷敬这一榜的翰林，是顺治帝在统治集团内部新旧势力斗争胜利之后的第一榜。就在

独持清德 陈廷敬

这一年，顺治为了集中皇权，改内三院为内阁，又另设翰林院。也就是说，这一年的翰林，是顺治真正意义上的第一批"天子门生"，因此，顺治帝很注重这批庶吉士，不仅有时亲自主持庶吉士的考试，而且还经常与一些庶吉士接触。

但还是那句话，大层面给这批翰林提供了一样的机会，为什么陈廷敬能够抓住它呢？同样的疑问，其实也发生在了陈廷敬与康熙帝之间，甚至后面这次更不可思议。因为顺治帝曾经表现出了对陈廷敬额外的好感（未曾毕业便被任命为同考官），所以陈廷敬身上其实是有着顺治帝的烙印的。在新皇帝"上任"之后，他这样的官员本不可能获得信任才对（参考老领导的秘书不太可能成为新领导的秘书），他又是凭什么被康熙帝渐渐信任起来的呢？

答案只有一个，那就是实操经验。

官员需要磨炼，磨炼不是目的，在磨炼中获得经验，获得解决问题的能力和思路才是磨炼的根本目的。但人不是生而知之者，很多人会在面对考验时错误地使用自己的能力，或者某些客观因素在机缘巧合下会给人带来符合期待的结果，从而让某些经受考验者产生错觉，以为这些客观因素才是成功的充分条件，长此以往，甚至认为这些因素是必要条件。中华文明五千年，有史可载的有三千年，这些"经验"，甚至成了"潜规则"。只有那些面对过足够多、足够复杂的局面的考验者，才会思考这背后的真正规律。

当代启示

2016年1月12日,习近平总书记在十八届中央纪委六次全会上强调,各级领导干部特别是高级干部要从自身做起,廉洁用权,做遵纪守法的模范,同时要坚持原则、敢抓敢管,立"明规矩"、破"潜规则",通过体制机制改革和制度创新促进政治生态不断改善。

当然,这些经验不可能是刚刚进入仕途,甚至还只是个刚刚开始自己人生的年轻人所能掌握的。假如熊追你时,你不需要跑得比熊快,只需要比你身边的同伴快就好。同理,陈廷敬虽然也不如真正的政治家那般老辣,但相比同代其他的翰林们,显然要高出一筹。

在完成了对陈廷敬少年时或者说入仕之前的人生经历的观察和思考,我们会得出一个明显的结论:在明清易代之际,像陈廷敬这样的读书人实际上处于一个很微妙的境地。一方面,在民族大矛盾的前提下,他们的汉人身份给他们带来了极大的限制,这从清史当中可以直接看到,一直到皇朝末期的曾国藩和李鸿章才勉强打破这层"天花板"。另一方面,因为满族"小族临大国"而必然产生的人才不足问题,又给要进行实际治理的统治阶层提供了唯一的解决途径——只能依靠汉族读书人。清朝统治者要管理华夏大地、进行治理所需的制度建设,降低因反抗而带来的治理成本,甚至是之前无法想象的财税收取等等,都需要有经验的基层官吏。这样,在这互为矛盾的两个基本需求下,陈廷敬等汉族读书人,有了几乎从未有过、以后也

独持清德 陈廷敬

绝不会再有的进入"官场"的丰厚机会(顺治年间频繁秋闱),但又难以像之前历朝历代那样,凭借读书和做官的经验就达成自身真正的圆满——出将入相。因为满汉之分,以至于他们当官做事、行使权力都要受限。

在这样的大环境之下,陈廷敬等人还要进行相对温和但本质残酷的"内部淘汰"——同为汉臣,源源不绝的新生代与起点相同的同代人之间,竞争可想而知。康熙帝是"皇帝"这一身份下罕有的有些"人情味"者,尽管如此,终康熙一朝能陪伴始终的也仅有两人:张英与陈廷敬。我们可以以陈廷敬的官场经历为切入点来加以观察。

后面没有第二个层次我们通常对"官员"的观察途径或者说观察习惯:升迁,以及升迁(或者黜落)发生的原因。

陈廷敬的仕途是非常顺利的,于顺治十五年考中进士后,旋即选为庶吉士,历任检讨、国子监司业、侍讲、侍读、侍讲学士、日讲起居注官、詹事府詹事、内阁学士兼礼部侍郎、经筵讲官、翰林院掌院学士、吏部左侍郎、都察院左都御史、工部尚书、刑部尚书、户部尚书、吏部尚书、南书房总管。直到康熙四十二年,升任文渊阁大学士。从他二十一岁选为庶吉士开始,到他七十五岁逝于文渊阁大学士任上为止,为官五十余年之久,除了两次丁忧,还有因为姻亲张汧贪腐案被牵连而离开过原职之外,一直是步步高升。这必然与他的为官之道分不开,或者说,是他的素质在起作用。按照康熙帝的说法,叫作

"勤、廉、能"。

这几个字意思非常简单，在现在的日常生活中也能见到，试图深挖殊无必要，但如果从另一个层面来观看，也许能给读者们提供一点小小的帮助，也能更加清晰地掌握陈廷敬成功的线索。

勤，是勤劳、辛勤的意思，这一点，从陈廷敬小时候读书（陈母张氏在他从学堂散学归来后要加课，每至夜深）可以看出；从陈廷敬作为康熙帝的侍讲官在每个月都要整理一篇"报告"可以看出；从《午亭文编》《午亭山人第二集》《午亭集》以及魏宪《皇清百名家诗选》四种合计，去其重，得2670首诗可以看出，这还不算他最早的诗集《参野诗选》（收了他二十一岁至二十五岁五年间所写的诗，此集已佚。故陈廷敬的诗作当在三千篇以上）；从《午亭文编》于诗赋之外，并有经解、奏疏、表论、史评、序、引、疏、记、书、颂、箴、铭、赞、传、阡表、志铭、神道碑、墓碑、墓表、祭文、题跋、杂文、杂著各体文章二十卷，数目达150余篇，总计约二十余万字的文章可以看出；从陈廷敬自康熙六年任内秘书院检讨、《世祖章皇帝实录》纂修官始，其先后历任《太宗文皇帝实录》副总裁官、《皇舆表》总裁官、《明史》总裁官、《三朝圣训》副总裁官、《政治典训》总裁官、《平定三逆方略》总裁官、《太祖太宗世祖三朝国史》副总裁官、《大清一统志》总裁官、《亲征朔漠方略》总裁官、《佩文韵府》汇阅官、《玉牒》副总裁官、《康熙字典》

独持清德 陈廷敬

总阅官、《皇清文颖》总阅官、《御选唐诗》总阅官、《御制词谱》总阅官，在这些康熙朝的重大文化典籍编撰过程中，陈廷敬作为主纂修官，都进行了精细严谨的编撰指导与执笔工作可以看出；从他学问的增长和演变过程，少学诗，次学文，最后"学问淹洽，文采尤长"，旁人评价"文章宿老，人望所归，燕许大手，海内无异词焉。亦可谓和声以鸣盛者矣"可以看出；从他出"公差"（每年祭孔）的次数可以看出。但最能看出陈廷敬辛勤、勤劳的，是他在每一个岗位上做出的事情：在左都御史的职务上，他初上任就发折，一个月上了三道重要的奏疏《请严督抚之责成疏》《请议水旱疏》《抚臣亏饷负国据实纠参疏》，件件言之有物，每个建议都不是凭空而来，这背后付出的汗水和辛劳可想而知；在担任吏部尚书后，以务实的态度对各类问题进行了详细考察，并结合自己平日的了解，写了《为题明事疏》；任吏部左侍郎管右侍郎事时，"同兵部侍郎阿兰泰、刑部侍郎佛伦、都察院左都副御史马世济管理钱法"时，上《制钱销毁滋弊疏》，并在之后作了著名的《二钱说》。

综上所述，我们可以得出一个结论：假如只是为了单纯的完成本职工作，显然是不可能拥有如此出色的成绩的。"勤于王事"的"勤"，需要有一个更高的"目标"。一个人为了获得好成绩而读书与"为了中华崛起而读书"，动力显然不一样。也就是说，在陈廷敬的内心他不仅仅把这些工作当成"任务"，他是有"理想"的。这个"理想"，也同时培养了他的另一个优点。

那就是"廉洁"。

陈廷敬的"劝廉吏"说有两点值得赞赏。一点是社会之风决定于官吏之行。各级官吏之奢侈之风，是与贪腐相伴的，要制止官吏的贪污、腐败，必须制定严格的"劝廉"定制，从源头上遏制官吏的腐败之行。另一点是陈廷敬的这一"劝廉"与贾谊思想有着直接联系。贾谊作为汉代最有卓识远见的政治家之一，创见甚丰，至今仍有值得借鉴的闪光思想。其中之一就是"劝农立本"的主张，他认为汉王朝立国四十年之后，虽然社会经济有很大发展，但不能由此而忽视农业。故史家言汉代"重本轻末"或"重农抑商"，其轻末、抑商之一面，或失之一偏，可予以针砭之。陈廷敬亦有见于此，他理解汉代及历代史家之见，并分析云，若奢侈之风起时，趋利之风便会严重破坏农业的正常发展，此时若行"重农抑商"是可以的。但他同时认为此奢侈之风之源，不在商贾，而在公卿大夫，故应针砭的是贪官污吏，而不应使正当之商贾为其代过。因此，他在建议制定"劝廉"之定制内容时，主张对包括富民商贾在内的"庶人"，可允许其衣裘衣、绸缎之类，乘车舆之行等，也允许工商业尽其智，尽其能，进行正常之活动，这是很有见地的。其认为守本即操守农业生产活动，可避免天下人之饥寒的思想，与贾谊的思想完全一致。特别是他认为若得"天下无疆之盛治"，守住农本这个原则是根本，而守住农本的原则，其前提条件，就是"劝廉"，若官吏之奢侈之风不止，天下焉得"盛治"，就只能是甚乱。陈廷敬的这一思想，超越了贾谊的"重农"思想，可以说是对其思想的重要发展，且至今仍值得研究与借鉴。

陈廷敬在释《节卦》之卦象中，他认为此卦讲出财是社会之大事，若节财以制度，节财以中正，不仅可以作为抑制奢侈的主要方法，且大有益于天下。

> 《节卦》断以节财，言"天地节而四时成，节以制度，不伤财，不害民"。反而言之，不节以制度，则伤财害民矣，节岂小事哉！……
>
> 财者，天下大事也。九二大臣也，不知钱谷，托言非其职，过矣！至于"制度数，议德行"，国家大政所系于财者至重也。明职掌，禁侈用，制度数以革僭分，议德行以劝俭约，天下未有不家给人足也。有中正以通之，德其行，此固易易也。

陈廷敬借释《易·节卦》之意，以"劝俭约"来补充"劝廉"之意。这里有两点重要意思：一是《节卦》的卦象，是先圣天人之道的一个观点，言明先圣言财谷的俭约，是从天道得到的启发。古人云，四时行焉，万物生焉，是由于天地之四时成，故人者有春生夏长秋收冬藏。且四时有节，故人亦有节。二是言此节有中正之德，就是说"中正以通之德"，或曰"以节中正，以通节而通"，中正具有正常运动之属性，故成自然之道。人之社会亦应遵循此道，顺之则吉，逆之则凶。故云"财者，天下大事也"，钱谷之财，必须以中正之道以节，立以制度，以丰补歉，"夫节财者，当于有财之时，失其时，何嗟及矣"，故而人类社会方可有生生不息之传承。故"劝俭约"，天下才能家给人足，人类社会才能节以制度、节以中正之下运动发展，若以"多费以快意，而不知穷在其中说以行险"之时，则处于凶险之途。从而说明"国家之大政，所系于财者"，必须节以中正，这样国家便无忧与无虞。故当政者必须"劝廉"，必须"劝俭约"，这是天下之大事，也是国家大政。而"明职掌禁侈"，更应该从官员做起，因为他们既具"通财之权"，又具有"塞财之权"。陈廷敬的这些论述，视之似玄远，若深入审视之，则是他对历史的深刻反思，也是对他所处的社会的期望，是他追求政治清明的一个重要方面。

我们有理由这样认为，康熙时代推行程朱理学尽管有其消极的一面，但不能否认这样的事实：康熙盛世的出现，与康熙帝本人尊孔崇儒是分不开的；或者说由于康熙帝大行仁政，才出现了康熙盛世。而康熙帝潜心儒学并将尊孔崇儒定为国策，又是与康熙帝青壮年时期所实行的经筵日讲制度有着直接的关系。更具体地说，日讲当中日讲官们系统地给康熙讲解儒学经典起了决定性的作用。日讲官们培育、塑造了一位儒学皇帝，或者说是一位理学皇帝。

在设日讲官的十五年中，先后担任日讲官的共有十九人。

独持清德 陈廷敬

毫无疑问,这十九位日讲官都对康熙帝产生了一定的影响。但,产生影响最大的到底是谁呢?在学术界有人认为"对康熙帝的思想和政治产生影响较大的是熊赐履、汤斌"。并认为其他日讲官和入值南书房的翰林们,除张英和高士奇外,包括陈廷敬在内的其他人虽都有一技之长,对康熙帝的文化政策产生了一定的影响,但"在康熙皇帝确定统治思想和大政方针时,他们多随声附和,政绩上也无所表现"。熊赐履、汤斌以及张英、高士奇确实是对康熙帝影响较大的人物。但是,前述见解中却忽略了陈廷敬。说陈廷敬"在康熙皇帝确定统治思想和大政方针时"是"随声附和,政绩上也无所表现"的人物,是不符合历史真实的。在上述十九位日讲官中,陈廷敬任经筵讲官的时间最长。在日讲的次数上,他虽然不是最多的(进讲次数最多的是孙在丰,共讲448次;其次是叶方蔼,共讲了337次),但其进讲次数却超过了熊赐履和汤斌。除此之外,他还受康熙帝之命,同喇沙里一起,刊刻出版了《日讲四书解义》,而这部书又是康熙帝日常手不释卷的读物。

《圣祖仁皇帝御制文集》中记载:康熙十六年五月二十八,康熙帝对讲官喇沙里、陈廷敬、叶方蔼、张英四人曾说过这样的话:

> 卿等进讲启导,一一悉备,皆内圣外王修齐治平之道。朕虽不敏,罔不孜孜询之。每讲之时,必专意以听。但学问

当代启示

无穷,不在徒言,要惟当躬行实践,方有益于所学。

这段话中,康熙帝不仅表彰了讲官们的功绩,而且非常明确地说明了讲官们对他的学问和施政的影响。这里要强调的问题是,在当时进讲的四位日讲官中,喇沙里和陈廷敬官阶最高,都是翰林院掌院学士,叶方蔼和张英当时分别是侍讲和侍读。而喇沙里是满人,故进讲中的主讲无疑是陈廷敬。就当年进讲的次数说,共进行了八十二次,叶、张二人有时是分别参加的,而陈廷敬却是每次都参加了进讲。可以看出,上述康熙帝所说的讲官们的功绩或对康熙帝的影响,陈廷敬是占主要地位的。到了康熙二十六年日讲停止之后,康熙帝曾总结他自己的学习说:"朕政事之暇,惟为读书。始于熊赐履讲论经史,有疑必问,乐此不暇,继而张英、陈廷敬等以次进讲,大有裨益。"(《圣祖实录》)由此可见,在进讲对皇帝的影响上,康熙帝是把陈廷敬与熊赐履、张英并列的。除此之外,陈廷敬"出入禁闼几四十年",除任经筵日讲之外,多年入值南书房和任过南书房总管外,又两任大学士,与康熙帝的政治关系非常密切,对康熙的影响是显而易见的。因此,在谈论对康熙帝影响最大的人物时,不仅不能漏掉陈廷敬,并且应该将他作为一位主要人物。

陈廷敬的社会政治思想,重心在"民为邦本"的理念,他的种种治世之论,皆由此而发,由此而展开。他认为社稷是由

独持清德 陈廷敬

君王主宰，但民为邦之根本，若得到民的支持，国家则存；若得不到民的支持，这个国虽存犹亡。正如他所言："举天下之事，在于得天下之民心。""民之生死，国之安危"说明所谓治世，其实在于要得到众民的真心拥护。因此，无论何种的治世方略，何种的治世举措，若得民心，便可谓之大治；相反，若违背民心，则会天下大乱。这就是说，若民之生，民乐其生，则国为之安；若民之死，众民难以为生，则国处于危险之境地。

在陈廷敬的文集中，多有诸如亲民、便民、利民、急民、为民、恤民、勤民和为民等措辞，从这些用语中，可以深深感受到民为邦本的理念。陈廷敬处于一个改朝换代后的新朝时期，又是新朝政坛的一名大臣，旧朝覆灭之故，百姓灾难之深重，都曾耳闻目睹过。因此，可以认为民为邦本的理念，在他的思想中早已成为一个重要的问题，并试图为此理念而效力。尽管陈廷敬身居重位，受到同级满族大臣的种种制约，但他一生中始终坚持着民为邦本的宗旨，用陈廷敬所说的话而言，他认为治世之道的根本，就在于四个字，即"为政为民"而已。

陈廷敬生活在清初，天下虽然渐趋于稳定，但民生仍甚艰难。他作为朝廷大员，深感责任重大，积极践行着使"民乐其生"的大事。此时他进行了两个方面的工作，一是在其职权范围之内的事，他将为民生之大事作为主要内容；二是他以奏疏的形式或在讲筵之时，积极向皇帝陈情，在整个社会治安、改革社会经济生产以及防治自然灾害诸方面，他都提出有益于百姓的建议，他认为"民命之生死，国之安危"必须慎之又慎地应对。由于他的社会地位的关系，诸多建议均得到实施，清初的民生条件得到进一步改善。

并且必须要提到的一点是，陈廷敬认为固本应从固文脉之基始。他与当时南书房参赞的汉臣们一面借官方之名，整理与编修一些古学中之重要文典，使其百世永传；一面又促使规范汉文字音韵之兴，使汉字字正腔圆，汉文字之音义统一。这些均关乎汉文化之继承与发展。陈廷敬热衷于此文化事业，因为他深知，这一字学文化之兴，与先秦圣人孔子倡"雅言"之意义同样重要。"子所雅言，《诗》、《书》、执礼，皆雅言也。"（《论语·述而》）春秋时代，诸侯纷争，各国语言难得统一，方言四起，严重影响地域之间文化的交流。有鉴于此，孔子在治学与教学之中，一律采用"雅言"即当时中国较为通行之语言，为中原文化统一奠定基础。清初亦存在这种语言混乱局面，外来语流行，非汉语流行。故为继承与发扬古文化之精神，文字的字与韵之正，就成为守护中华文化家园之要。其实此文化大事，是在满文字书修成之后而兴的。康熙首先顾及的是其本民族之文字。康熙亲政后的康熙十二年，他对汉满臣言："此时满州，朕不虑其不知满语，但恐后生子弟渐习汉语，竟忘满语，亦未可知。"（《康熙起居注》）康熙四十七年成《清文鉴》，康熙四十九年三月初九，着"南书房侍直大学士陈廷敬等同意编修汉文字书，张玉书、陈廷敬为总阅官，至康熙五十五年修成"。

独持清德 陈廷敬

对于陈廷敬而言，在朝廷供职，从一般官员至侍直大学士，都应将传承中华文化作为要务，为此他长期劳辛不息，引经制事，乐此不疲。

尽管陈廷敬已经尽了全力来保留文化，建立制度，清晰责权，提倡廉政，也客观上给当时深重的民灾民难增补了一丝元气，但毕竟人力有时而穷，作为一个君子，"老吾老以及人之老"的思想让他总有一些"未尽全功"的感慨，而作为一个智者，他又深知"知我罪我其惟春秋"的下场，所以最终，他也只以一句诗以慰生平之叹："后五百年外，当为知者怜。"

【箴言警句】

信以心,心相信则言易感人。

古者衣冠、舆马、服饰、器用,贱不得逾贵,小不得加大。今等威未辩,奢侈未除,机丝所织,花草虫鱼,时新时异,转相慕效。由是富者黩货无已,贫者耻其不如,冒利触禁,其始由于不俭,其继至于不廉。

好尚嗜欲之中于人心,犹水之失隄防也。

吾学亦屡变也。其始学诗,当其学诗,而见天下

独持清德 陈廷敬

之学无以加之于诗矣；其继学文，当其学文，而见天下之学无以加于文矣；其继学道，及其学道，而见天下之学无以加于道矣。

贪廉者，治理之大关；奢俭者，贪廉之根柢。欲教以廉，当先使俭。

自古未有不晓文义之人可以为民父母者也。

夫武而不文，其人任卒伍而不足任偏裨，任偏裨而不足任大将者也。

上官廉，则吏自不敢为贪；上官不廉，则吏虽欲为廉而不可得……为督抚者，既不以利欲动其心，然后能正身董吏。吏不以曲事上官为心，然后能加意于民；民可徐得其养，养立而后教行。

早夜兢兢，思自淬厉，不徇亲党，不阿友朋，上恐负圣主之殊恩，下欲全微臣之小节。

科、道之设，所以广耳目而申献纳，于人才之邪正，吏治之贪廉，事关生民利害者，必正言无隐，而后克副斯职。

果贤与,虽折且怨,庸何伤?